아프다는 것에 관하여

아프다는 것에 관하여

앓기,
읽기,
쓰기,
살기

메이 지음

복복서가

남의 병 이야기는 정말 재미있을 거야.

_버지니아 울프의 편지

일러두기

1. 본문의 고딕체는 작가가 강조한 부분이다.
2. 본문 속 인용의 출처는 후주에 상세히 밝혀두었다.

프롤로그:

돌아온다

그러나 고통은 돌연
사라진다. 짓지도 않은 죄를
용서받은 이가 느끼는 놀라움과
쓰라림과 함께
나는 돌아온다. 결혼생활과 친구들에게로,
가두리가 갈라진 분홍 접시꽃에게로, 돌아온다.
내 책상과 책들과 의자에게로.

_ 제인 케니언, 「우울과 담판 짓기」

사십 일 정도, 주로 누워 지냈다. 이번엔 다행히 그리 길지 않았다. '한약진액 ○○탕'이 효과를 발휘하기 시작한 걸까, '남태평양 원주민들이 이천 년 동안 만병통치약으로 써왔으며 통증과 염증에 좋다'는 열대과일 가루를 먹기 시작해서일까, 비타민 D 부족을 걱정하며 일광욕 시간을 따로 가져서일까, 그냥 때가 된 것일까. 답은 거의 언제나 알 수 없다. 이런저런 지푸라기를 잡아보며 매일 조금씩 좌절하는 동안 시간은 가고 몸은 변한다.

드라마 〈부부의 세계〉를 봤다. 제목도 들어본 적 없는 영화를 클릭했다. 넷플릭스의 구석구석을 나만큼 탐험해본 사람이 있을까. 좋은 영화, 봐줄 만한 영화, 더 봐줄 수가 없는 영화. 내가 십 년간 본 수만 시간 분량의 '미드'들이여. 그 덕분에 영어 듣기 실력이 향상되었으며 코카인 흡입하는 방법을 배웠다. **일단 가루를 유리 테이블 위에 쏟아놔. 그다음에 아메리칸 익스프레스 카드로**…… 아픈 것은 지루하다, 일기에 적는다.

책을 읽을 수 있는 때도 가끔 있었지만 머릿속에서 전부 새어나가 흩어진 느낌이다. 충격적이었던 두 순간만 기억난다. 하나는 길리언 플린의 소설 『다크 플레이스』의 서두. 온 가족이 살해당한 끔찍한 사건의 생존자로 한때 유명했던 일곱 살짜리 아이가 사람들의 후원금과 동정심에 기대어 살다가 이제 무직의 삼십대 여성이 되었고, 더는 돈 들어올 구석이 없어 근심하던 차에 살인 사건 마니아들의 모임에 참석해주면 오백 달러를 지불하겠다는 편지를 받는다는 게 첫 장의 내용이었다. 불쾌하도록 지독한 블랙유머가 내 뿌연 머릿속으로도 뚫고 들어왔다. 다른 소설 하나는 대단히 흥미로운 설정 때문에 읽기 시작했다. 사람들이 통증을 느끼는 몸 부위에서 어느 날부터 갑자기 환하게 빛이 나기 시작한다는 것이었다. **와, 그렇다면 아무도 아픈 사람의 아프다는 말을 의심하지 못하겠네. 또 그렇다면 가장 아픈 사람들이 가장 눈부시게 빛날 거 아냐! 잠깐, 고통이 그렇게 곧바로 아름다움이나 신성함과 연결되면 어떤 일이 벌어지게 될까?** 흥분해서 책을 열었지만 소설은 그런 사고 실험에는 관심이 없었다. 그리고 형편도 없었다. 사랑하는 아내를 사고로 잃은 삼십대 사진작가 남성이 자해하는 습관이 있는 반항적인 십대 여학생을 우연히 만나 서로 아픔을 교감하다가 섹스를 하는 2장 끝부분에 이르러 나는 그만 읽기로 한다. 세상에, 남자 소설가여…… 1990년대가 아니라 2010년대에 나온 소설인데, 아직도?

어떤 때는 돌아가는 길이 아득히 멀다. 지난번엔 어떻게 했었지, 내가 뭔가 잘못하고 있는 걸까. 기억을 더듬고 편집증에 사로잡혀 오대 영양소를 제대로 섭취하고 있는지 체크해본다. 시간이 통째로 사라지고 있다는 불안에 가슴이 조여온다. 나는 나를 다독인다. 나는 아무것도 하지 않고 있는 게 아니다. 몸은 자기 일을 하고 있다. 몸은 그 어느 때보다 바쁘게 열심히 일하고 있다. 내가 아니라 몸이 돌아가는 길을 찾을 것이다. 언제나 그랬듯이.

만성적으로 아픈 사람들, 병 치료보다는 병 관리가 목표이고 기대인 사람들은 순환을 경험한다. 몸 상태가 좋아졌다가 나빠졌다가 한다는 단순한 사실. 그러나 이 단순한 사실은 실제 아픈 사람의 삶에서 그렇게 단순한 문제가 아니다. 이제 마침내 좀 괜찮아진 게 아닐까, 그런대로 살 만하지 않은가, 이대로도 충분히 행복하다고 생각한 바로 다음날이 전부 무너지는 날일 수 있다. 세상이 흙빛이다. 모든 게 찔러온다. 내 과거는 고문의 시간이었고 미래도 그럴 것이다. 어제 내가 오만했던 걸까. 그에 대한 벌인가. 아니야, 병을 도덕과 연결시키지 마. 수전 손택을 생각해! 병은 은

유가 아니다, 해석에 반대한다…… 떠들어대는 마음. 지각과 인지라는 것은 얼마나 불안정한가. 바닥에 있을 땐 그 바닥이 현실이며 다른 현실이 있을 수 있다는 게 도무지 믿어지지 않는다. 그간의 다짐, 연습해온 일상의 기술들, 쌓아온(쌓아왔다고 생각한) 자신감, 제본이 풀린 공책처럼 그 모두가 흩어져 날아가는 걸 본다. 거의 구경꾼처럼 멍하니 본다. 나는 어제의 나를 비웃는다. 쪼그라든다. "짓지도 않은 죄"에 대한 자책감에 책상 아래로 기어들어가고 싶다. 무엇보다 나를 찢어놓는 건 이게 영원히 끝나지 않을 거라는 절망이다.

만성 통증 환자들이 자신의 고통을 표현한 미술작품을 올리는 웹사이트에서 이런 말을 읽었다.

> 만성 통증의 긍정적 영향과 부정적 영향이 순환하는 일은 흔하다. (…) 만성 통증과 함께 사는 사람들은 자주 상징적 죽음과 부활의 사이클을 경험한다.

죽음과 부활이라는 말은 지나치게 극적으로 들리지만, 바닥으로 떨어졌다가 다시 돌아오는 이 경험은 내 속에서 정말로 무언가가 조금씩 죽는 경험이며 이런 시기를 한 번씩 통과하고 나면 나는 다른 사람이 되어 있다(그래서 나는 앞 인용문의 '상징적'이라는 단어를 '상징적이고 실질적인'으로 고쳐 읽는다). 내면에서 벌어지는 이 같은 드라마를 자신 외엔 아무도 모른다는 사실이 그 무수한 반복 후에도 여전히 놀랍다. 만성 통증을 겪던 작가 율라 비스는 썼다. "내 신경만이 내 통증을 느낀다는 현실은 무시무시하다. 내가 이 피부 안에 고립되어 있다는 것, 나의 통증 그리고 자신의 불완전성과 함께 고립되어 있다는 것, 나는 이 지식을 증오한다." 우리는 얼마나 개체個體인가.

이 작은 죽음과 작은 부활에서 평정심을 배우고 연습할 수도 있을 것이다. **비 오는 날에도 화창한 날에도 당신을 사랑할 거예요**I'm gonna love you come rain or come shine. 그러나 암울한 일기를 적게 되는 날도 있다. **교훈 따위 모두 개소리, 나는 사라지고 싶을 뿐이다.** 숙련된 병자는 지치고 고단한 병자이기도 하다. 시험은 어려워지기만 한다.

9월 말이 되어 있다. 오늘은 완벽하게 아름다운 가을날이다. 다리가 좀 후들거렸지만 한 시간을 걸을 수 있었다. 나뭇잎들이 반짝이고 이어폰으로 듣는 음악이 한 음 한 음 또렷하다.

손가락이 노트북 키보드를 눌러 문장을 만들고 싶어한다. 요즘 자주 듣는 노래, 〈나는 춤을 못 춰I can't dance〉라는 곡을 들으며 몸을 흔들거려본다. 조금 운다. 시인 제인 케니언은 평생 우울증과 함께했다. **그러나 고통은 돌연 사라진다.** 이 감각을 잘 안다. 다시 돌아오는 시기다. 이 짓도 지겨워, 라고 말하면서 나는 돌아온다. 시간표대로 움직이는 일상으로, 아침의 요가와 오후의 산보로.

돌아온다, 내 책상과 책들과 의자에게로.

차례

이야기를 시작하며

이 괴물, 몸, 이 기적, 몸의 고통.

_ 버지니아 울프 『아프다는 것에 관하여』

내가 아프게 된 건 지금으로부터 십오 년 전이다, 라고 말할 수 있을 것이다. 병자들의 서사에서 흔히 나타나는 '이전'과 '이후'를 가르는 순간, 그러한 단절의 순간을 나도 짚을 수 있다.

인도네시아에 있을 때였고 열병 같은 걸 겪었다. 전에 앓아본 적 없는 종류의 몸살이어서 '여기 독감은 좀 다른가보다'라고만 생각했다. 폭우 속으로 뛰어들어 뜨거운 몸을 식히고 싶었으나 침대에서 몸을 일으킬 수 없었던 그 밤을 기억한다. 숙소 옆방 여행객에게서 얻은 아스피린을 삼키며 이삼 일을 앓았고, 모든 것이 뿌연 느낌이던 몇 주가 이어졌고, 그러다가 감당할 수 없을 만큼 선명한 지각과 통증이 함께 왔다. 그러나 '앓았고, 이어졌고, 왔다'라고 말하는 이 쉼표의 연결에 얼마만큼 인과관계가 있는 것인지 나는 정말로 모른다. 만성피로증후군 환자들이 말하는 병의 시작에 바이러스 감염이 있기도 하다는 걸 몇 년이 지나서야 알았고, 내가 쓴 연쇄의 문장은 사후적인 고리 만들기이며 어느 정도는 다른 사람들을 위한 인과관계 제시다. 사람들은 타인의 고통에 납득할 수 있는 명확한 이유가 있는 걸 좋아하기 때문이다. 모호한 고통은 그들을 윤리적 시험에 빠뜨린다. 그들은 그걸 못 견뎌 한다.

하지만 그게 시작이 아닐지도 모른다. 나는 이미 요양을 위해 인도네시아에서 지내고 있던 차였다. 더운 날씨에서는 아토피와 통증이 나아졌기 때문이다. 몸 이곳저곳의 염증과 통증과 불안과 우울은 이미 십대 후반부터 함께였다. 성과 없는 병원 순례도, 영양제와 보충제 실험도 그랬다. 정확히 언제인지 기억나지 않을 정도로 오래전 어느 날부터 찌르르하고 오른발에 흐르기 시작한 통증, 그게 시작이었을까. 그러곤 점점 위로, 위로, 무릎, 허벅지, 골반, 위, 식도, 기관지까지 십수 년에 걸쳐 번져간 증상들. 병원의 여러 과를 전전하며 관절과 장기 이름에 '염' 자가 붙은 병명들만 여럿 얻었고, 의사들은 빠짐없이 스트레스를 원인으로 지목했다. 무기력한 상태가 주기적으로 반복되었으나 그걸 병이라고 생각하지 못했다. 그보다 그건 내 나태와 나약의 증거이자 수치와 죄책감의 근원이었다. 내가 몸의 말없는 외침, 호소, 경고에 대응한 방법—나를 비난하며 몸을 더 채찍질하기. **공부! 일! 글! 더 많이, 더 빨리 하고 싶은데 몸이 안 따라주네. 마음을 더 굳게 먹고 더 의지력을 발휘하고 더 열심히 운동하자.**

대학원생 시절 학교 연구실 자리를 비우던 날이 떠오른다. 집에서 학교까지 전철로 삼십 분, 그 짧은 이동을 하고 나면 연구실 간이침대에 한참을 누워 있어야 했다. 책상에 엎드려 있는 시간이 늘어갔다. 나는 집에서 공부하기로 한다. 많이 아프다고도, 위기라고도 생각지 못했다. 그저 허약한 자신에게 짜증이 났을 뿐이고, 진척 없는 논문 작업에 초조했을 뿐이고, 병원 대기실과 영양제 후기 검색과 '인체 실험'에 신물이 났을 뿐이었다. 어쨌든 겉으로 보기엔 몸을 움직이고 이런저런 활동도

할 수 있으니 주변 사람들에게도 자신에게도 나는 환자가 아니었다. 그때도 러닝머신 위를 걸으며 자료 읽는 일을 빠뜨리지 않았다. 내리막길을 굴러 내려가고 있다는 걸 알지 못했고 그 끝에 기다리고 있는 절벽도 눈치채지 못했다. 그리고 마침내 모든 게 부서지는 순간이 왔다.

이 책의 글들은 '이후' 십수 년에 걸친 나의 병 경험에서 시작됐다. 전신의 통증, 피로, 체력 없음을 주요 증상으로 하는, 정확한 원인이나 병명을 진단받지 못한 병이다. 그러나 이 책은 전통적인 의미의 투병기가 아니다. 진단, 치료, 회복으로 이어지는 서사를 따라가며 개인적인 병 경험을 상세히 서술한 책이 아니라는 뜻이다. 병원, 의사, 치료법에 관한 정보와 조언을 제공하는 실용서도 아니다. 어려움과 극복의 과정을 낱낱이 적은 회고록이 아니다. 내가 만난 모든 파도의 기록이 아니다.

그보다 이 책은 병condition이 삶에서 특정한 조건/상황/한계condition가 되었을 때 그 안에서 살아가며 배우고 생각한 것을 적은 책이다. '아프다는 것을 읽고 쓰기'에 관한 책이다. 말과 고통에 관한 책이다. 고통의 교육에 관한 책이다. 우리를 지상으로 잡아끄는 중력에 관한 책이다. 괴물이고 고통이고 기적인 몸을 산다는 것에 관한 책이다.

증상들의 극단적인 변화와 갖가지 약물 시험으로 무시무시한 롤러코스터를 탄 것 같았던 처음 몇 년이 지나고 나는 병의 진자운동 속으로 들어갔다. 호전과 악화를 오가는 병의 주기를 내 현실로 받아들이고 그에 맞춰 살기 시작했다. 단순하고 고립된 생활, 병자로 사는 삶의 시작이었다. 최소한의 일상을 유지할 수 있었지만 무언가를 본격적으로 할 수는 없었다. 완전히 무능력해지지는 않았지만 생존 이상을 위해 능력을 발휘할 수는 없었다. 그렇게 나는 삼십대와 사십대 초반을 사회적으로 기능하지 못하거나 간신히 기능하는 외양만 흉내내며 보냈다. 죽을 수도 제대로 살 수도 없는 림보였다.

인지 기능이 조금씩 회복되면서 다시 책을 읽기 시작했다. 고통을 다루는 책이라면 전부 마음이 끌렸다. 그중에서도 병자들이 쓴 책이나 병자들에 관한 책은 새로 발견한 금광과도 같았다. 남의 병 이야기가 그렇게 재미있을 수 없었다. 내가 고립 속에서 겪은 일을 타인의 목소리로 들을 때의 놀라움과 반가움, 낯선 땅을 앞서 탐험한 이의 여행 일지가 제공하는 유용함, 같은 처지處地에 있는 사람들과 나누는 이심전심의 위로, 고투하는 인간의 생애에서 전해 받는 단단함…… 그런 '재미'. 다른 이들의 이야기를 읽는 게 내 생존과 직결된다는 생각은 처음엔 떠올리지 못했다. 그저 말이 통하는 다른 병자들을 만나는 게 즐거웠고, 그 즐거움을 계속 좇았을 뿐이다. 재미있다는 점에서도, 나를 하루씩 계속 살게 했다는 점에서도 그들의 이야기는 내게 『천일야화』였다.

많은 이름을 내놓을 수 있지만 내게 특별했고 가장 오래 같이 지낸 이름들이 있다. 버지니아 울프, 알퐁스 도데, 엘리자베스 토바 베일리, 케이 레드필드 제이미슨, 앤 섹스턴, 힐러리 맨틀, 세라 케인, 마더 테레사, 「욥기」의 욥, 〈라이프 오브 파이〉의 파이, 새뮤얼 테일러 콜리지의 시에 나오는 뱃사람. 이 책에서 집중적으로 논의될 이도 있고 몇 번 언급만 될 이도 있고 더는 언급되지 않을 이도 있으나, 이들의 공통점은 자신의 병과 고통에 관해 쓰거나 말을 한 병자-작가, 고통받은 자-작가라는 것이다. 대부분 과거 속에, 또는 이야기 속에 존재하는 이 인물들이 하루의 많은 시간을 누워 보낸 나의 '수평 생활'에 함께했다. 이 부재하는 이들과의 우정 속에서 나는 림보의 시간을 견디고 살았다.

느린 갈지자의 회복이었다. 진자운동에 맞춰 침대와 책상을 오갔다. 반복에서 조금씩 말들이 자라났다. 내가 계속 돌아가게 되는 주제들로 뭉쳐졌다. 이 책에 실린 글들은 길게는 십여 년 전의 메모에서 시작된 것도 있지만 대부분은 거의 매일 책상 앞에 앉을 수 있을 정도로 나아진 지난 이 년 동안에 쓰였다. 병자인 나의 이야기, 내가 읽은 다른 병자들의 이야기를 함께 엮어 아프다는 것에 관련된 여러 주제를 말해보고자 했다. 불균질하고 단속적이고 때로는 겹치거나 모순되는 듯 보일 수 있는 글 묶음이다. 그러나 이것이 나의 진실을 전하기 위해 내가 오래 찾아 헤맨 내용, 형식, 목소리다.

'아프다는 것에 관하여'라는 제목은 긴 시간 사랑해온 버지니아 울프의 에세이에서 따왔다. 그가 탈진과 두통으로 몇 개월간 아팠던 시기에 쓴 『아프다는 것에 관하여On Being Ill』라는 글이다. 당시 마흔셋이었던 울프는 언젠가 그가 '설명하기 어려운 이야기'라며 말을 줄인 적 있는 아프다는 것에 관한 이야기를 여기에서 아주 많은 단어를 사용하여 달변으로 풀어낸다. 킥킥대듯 웃음기를 머금은 문장들로 직조한 표면 아래 어른거리는 고통과 죽음을 살짝씩만 건드리면서 질병의 풍경을 펼쳐놓는다. 수십 년간 쌓아온 병자로서의 숙련과 작가로서의 숙련이 모두 드러나는 글, 말하기 어려운 것을 말하는 장인의 기술에 감탄하게 하는 글, 무엇보다 재미있는 글이다.

오래전 '벌레의 시간'이라고 일기에 적었던 때 나의 몸 밖으로 새어나온 말들은 말이라기보다는 신음과 눈물이었고, 그건 내가 세상에 내보내고 싶은 말들이 아니었다. 여전히 건강한 사람이라고는 할 수 없지만, 고통의 반대말이 언어라는 의미에서라면 나는 이제 고통의 반대편에 있다. 고립된 경험에서 출발한 책이지만 독자들이 이 책에서 공통성을 발견할 것이라는 믿음과 희망이 있기에 책을 낸다. 고통이라는 단어가 수두룩한 책이지만 이 책의 모든 단어와 문장이 우리가 언어로 공유할 수 있는 게 있다는 기쁨의 흔적이기에 책을 낸다.

아무쪼록 **재미**있었으면 한다.

몸: 무덤, 표지, 구원의 장소

어떤 이들은 혼이 우리의 현생에 묻혀 있으므로 몸sōma이 혼의 무덤sēma이라고 말하네. 아니면 몸이 혼의 표지sēma라고도 하는데, 혼이 표시하고자 하는 모든 것을 몸에 표시하기 때문일세. 내가 보기엔 오르페우스 추종자들이 그 이름을 붙였을 것인데, 그들은 혼이 벌받을 일에 대해 벌을 받고 있다고 여겼으며, 몸은 혼을 보호하는/구제하는sōzesthai 덮개로, 일종의 감옥 같은 것이라 봤지. 따라서 몸sōma은 그 이름 그대로 혼이 벌을 다 받을 때까지 혼의 보호소sōma이며, 그 단어의 한 글자도 바꿀 필요가 없는 것일세. _ 플라톤, 『크라튈로스』

몸은 무덤이다.

몸은 내 영혼이 표시되는 곳이다.

몸은 구원의 장소다.

오르페우스 신화는 무덤 바닥에서 올라오는 방법을 알려준다.

네 가장 소중한 것을 뒤에 두고 너는 계속 앞만 보고 걸어야 한다. 그럴 때만, 오직 그럴 때만 너는 네 소중한 것을 다시 만날 수 있으리.

기원

찻숟가락 하나만큼의

고통을 삼키면 그것은 아래로 떨어져

과거로 내려가 뒤섞인다.

지난해의 고통 한 컵과

더 아래로 내려가 십 년 동안의 고통 한 주전자와

더 아래로 내려가 평생 동안의 고통이 이룬 바다와.

_ 앤 섹스턴,「고통의 커다란 장화」

병자들이 자신의 과거를 돌아보는 방식은 흡사 소설 속 탐정과 같다. 우리는 모든 것을 돋보기로 샅샅이 훑는다. 전부 단서다. 전부 의심스럽다.

"나는 그 모든 게 오클랜드로 이사를 가면서 시작되었다고 생각해. / 십사 년 동안 피임약을 먹었다는 사실 / 아이를 향한 신경증적 욕망 / 그것은 두번째 차크라에 들어 있는 나쁜 업보의 증거야. / 그것은 핼리혜성과 관련되어 있어."

사는 곳, 피임약, 아이를 갖고 싶어한 것, 차크라에 쌓인 업보, 핼리혜성. 골반 종양의 병인을 꼽아보는 바버라 루스의 시는 여기가 시작일 뿐이어서 이 아래로도 장장 육십 행 정도가 이어진다. 희곡 『보지의 독백The Vagina Monologues』으로 잘 알려진 페미니스트 작가·활동가 이브 앤슬러가 오십대에 자궁암을 앓게 되었을 때도 긴 의심의 목록이 출현한다.

"두부tofu 때문이었을까. / 두 번이나 결혼에 실패해서였을까? / 아기를 낳은 적이 없어서였을까? / 낙태와 유산을 경험했기 때문이었을까? / 보지에 대해 너무 많이 이야기해서였을까? / 도시였을까? / 교회 주택가의 잔디용 살충제였을까? / 체르노빌이었을까? / 유부남과 성관계를 가져서였을까."

사회가 여성에게 부과한 규범과 도덕을 글로, 행동으로 어기고 저항해온 이 호걸에게조차 죽음과 고통의 전망 앞에서는 (비록 잠깐이지만) 정치학이 정지한다. 여기서도 오십 행가량 이어지는 의심, 어쩌면 마음 가장 깊은 곳에 박혀 있던 죄책감. 코웃음친 것들, 모욕했던 것들, 위반하며 탐닉한 것들이 전부 되돌아온다. 그는 자신의 성생활도 의심하고 채식도 의심하고 저항운동의 족적도 의심하고 사람들과 거리를 두거나 거리를 두지 않은 것 전부를 의심한다.

병자의 의심이 자신을 향하면 후회가 시작된다. 투병기와 '간증' 장르 글에 나오는 병자들을 보라. 그들은 전부 후회하고 있다. 식습관, 흡연, 음주, 과로, 야망, 운동 부족, 가정을 등한시한 것, 아내 말을 안 들은 것, 부모님 말씀을 안 들은 것, 주님 뜻에 어긋나게 산 것. 잘못이 줄줄이 끌려나온다. "나는 이기심과 욕심과 자기중심적 야망과 두려움에 가득찬 삶을 살았다." 이건 자신이 잘못 살아서 그 결과물로 암이 생겼다고 본 어느 환자의 말. "나는 어둠 속에 살았으며 어둠을 사랑했다. 나는 죄인 중의 죄인이었다." 이건 올리버 크롬웰의 종교적 회심의 말. 병자의 질병 서사가 종교인의 개심 서사와 유사한 구조를 지니고 유사한 언어를 구사하는 건 이상한 일이 아니다. 둘 모두에게 과거는 병이 자라난 시간 또는 죄가 자라난 시간, 오류의 시간이기 때문이다.

의심의 화살표는 바깥도 향한다. 그러면 병자는 종교인보다는 혁명가가 된다. 병의 원인은 외부에, 사회에, 국가에, 체제에 있다. 가장 빈번히 눈총을 받는 건 건강하지 못한 먹거리, 독성물질을 내뿜는 주거 환경, 안전하지 못한 노동 환경, 장시간 노동, 대기업의 탐욕, 빈곤을 지목할 수 있다. 더 근본적인 차원에서 말하자면 신자유주의적 자본주의, 인종주의, 성차별주의 이 모두가 건강을 위협한다. 시계를 뒤로 더 돌려 근대화와 산업화의 굴뚝을 지적할 수도 있다. 이성의 승리와 데카르트가 원흉이며, 그때부터 우리는 이미 아플 운명이었다. 더 뒤로 가서 대항해시대와 식민화를 유럽이 지구에 독을 퍼뜨리기 시작한 사건으로 비난할 수도 있다. 그건 타국엔 전염병을 퍼뜨리고 본국엔 매독을 퍼뜨리고 자연을 망치고 피식민국가 민중에게 고난과 정신병을 선사한 거대한 오염의 과정이었다. 더욱 깊이 파고들어가 신석기시대 농업혁명까지 의심해볼 수도 있다. 한곳에 정착해 쌀밥을 퍼먹는 대신 하루종일 나무를 타고 들판을 달리던 수렵채집인이었을 때 인간은 정말 튼튼했으며 척추도 온전했다고 하지 않는가. 그렇다면 문명 자체가 병인이고 인류의 과거 전체가 오류다.

중병 이후 나의 의심도 안팎을 오가며 지난 시간을 더듬었다. 어느 정도는 혁명가가 되어 학벌 중심 사회라든지 성과주의 사회 같은 '구조적' 문제(얼마나 많은 스트레스를 받으며 입시 공부를 했던가)를 의심하기도 했지만 처음엔 회심하는 종교인 쪽으로 더 기울었는데, 내 의심의 목록에 '그동안 내가 한국사회의 문제들에 너무 심하게 분노하다보니 아프게 된 게 아닐까'라는 항목이 있었기 때문이다. 석사논문 주제를 '한국 남성의 성 구매' 따위로 잡는 게 아니었다. 더는 내 몸이 감당 못 할 분노를 하고 싶지 않았고 그럴 힘도 없었으며, 무엇보다 그제야 자신에게 나라는 사람이 또렷하게 보이기 시작했던 것 같다. 그리하여 용감함에 있어서는 이브 앤슬러의 발끝도 따라가지 못할 것이며 시대와 지속적으로 불화하는 사람이 되기엔 너무도 허약했던 나는 모든 것을 갑작스레, 전적으로 후회했다. 내 후회의 내용? 밝히기 부끄러울 정도로 진부해서 기독교TV에서 방송해도 될 정도다. 나는 진부한 말들과 진부한 서사로 진부하게 회개했다. 나는 무지했다. 자신을 몰랐고 자기 몸을 몰랐고 사는 법을 몰랐고 무엇이 진정 소중한지 몰랐고 삶의 목적을 몰랐다. 나는 놀라워하며 자책했다. **어떻게 그렇게 몰랐을 수가 있지.** 성서에서 '죄'로 번역되는 그리스어 '하마르티아 ἁμαρτία'에는 원래 '과녁에서 빗나가다'라는 뜻이 있다고 한다. 내 이전의 삶에 없던 게 바로 그것이었다. 과녁, 포인트, 요점, 핵심, 중심. 거기서 빗나간 채로 불안해하며 이리저리 바삐 뛰어다니기만 한 게 내가 한 일의 전부였으며, 그런 의미에서 나는 죄인이었다. 남들이 좋다는 건 뭐든지 해보던 시기에 열흘간의 묵언명상 클래스에 참여했다. 마지막날 밤, 나는 내 고통의 뿌리를 봤고 폭포처럼 울었다. 그야말로 개심의 순간이었다. 기원은 나였다. 내가 문제였다.

하지만 과거를 더 이리저리 쓸어보고 뒤집다보면—병자에겐 시간이 많으므로—다시 의문이 고개를 들었다. 무지가 고통의 근원이라고 해도 어디까지가 나의 의식적인 잘못이고 책임일까. 그러니까 내가 더 똑바로 살았으면 아프지 않았을까, 내 노력으로 막을 수 있는 일이었을까, 내가 대체 무엇을 더 해야 했을까. 단서처럼 떠오르는 기억과 장면들. '왜 나는 모든 것이 아프지'라고 적었던 십대 시절의 일기가 생각난다. 늘 궁금했다. 다른 사람들도 자신과 세계를 이렇게 느낄까, 말하자면 인지의 디폴트 값이 아픔일까, 이 많은 두려움이 도대체 다 어디에서 왔을까. 나는 예민하고 늘 징징대는 아이였다. 어린 시절 내내 언니 등에 이마를 대지 않고는 무서워서 잠들지 못했다(언니가 나를 얼마나 귀찮아했던가). 첫 기억은 아마 한 네 살 때. 나는 주변의 모든 게 따갑고 불쾌해서 짜증을 내며 울고 있다. 내가 세상과 맺는 관계는 이미 그때부터 무언가 잘못돼 있었는지도 모른다. 자아라는 게 생기기도 전, '죄'를 저지를 수 있기도 전, 기억할 수 없는 어린 시절부터 병은 시작되어 있었던 것인지도 모른다.

하지만—다시, 하지만—여기가 끝이 아니다. 나는 더 거슬러올라가 엄마 뱃속까지 이를 수도 있다. 어머니 쪽 가계에 유난히 심약하거나 알려지 문제가 있는 친척이 몇 있지 않던가? 유전뿐 아니라 당연히 엄마도 의심해봐야 하지 않는가? 우리가 가진 모든 문제의 기원은 알다시피 언제나 엄마이기 때문이다. 사랑을 안 줘서, 사랑이 지나쳐서, 무관심해서, 집착해서, 방임해서, 엄격해서, 교육에 극성이어서, 제대로 안 가르쳐서…… 어머니는 언젠가 나한테는 비밀로 하라면서 언니에게 말했다고 한다. "내가 개를 가졌을 때 스트레스가 많았다." **봐 봐, 역시 엄마가 원인이지.** 그러나 내가 여성학을 공부한 게 영 헛일은 아니어서 나는 '고통의 기원은 엄마'라는 말을 고쳐 말할 수 있다. 어머니가 왜 스트레스를 받았지? 궁금하지도 않았다. 아버지, 시댁, 돈, 아이들과 생존하기, 노동, 끝이 없는 노동, 몇 개의 하늘을 지탱하는 노동, 아마도 그런 문제들, 뻔한 문제들. 결혼식을 치르고 시댁에 갔을 때 할머니는 어머니에게 말했다고 한다. "재(내 아버지)는 아무것도 할 줄 모르니 네가 다 알아서 해야 한다." 어머니는 그렇게 했다. 평생. 남자들과 남자들을 섬기는 여자들이 대를 물려가며 단단히 지어 올리고 허물어져도 다시 또다시 지어 올리는 한국의 가부장제 가족 안에서 뱃속에 나를 가진 젊은 엄마는 당신이 늘 말하듯 '처녀 때의 순진함'을 잃고 억척스럽고 생활력 강한 한국 엄마로 변신變身중이었을 것이다. 몸이 뒤바뀌는 그 과정은 고되고 아팠을 것이다. 나는 그 고통의 우물에 이미 몸을 적시고 태어난, 할머니가 미워했다는 둘째 딸이다. 그렇다면 병은 (엄마가 아니라) 수백 년을 거슬러올라가는 한국 가부장제의 역사에서 온 게 아닌가. 화살표는 다시 바깥을 향한다.

종교인이 되든 혁명가가 되든 병자에게 과거는 과오의 시간으로 돌아온다. 개심이든 각성이든 계기는 하나다. 바로 고통, "창자 위아래로 내달리는" 고통, "커다란 장화로 심장을 걷어차는" 고통.

✧

"껍질을 잃은 달팽이가 된 것 같아"라고 표현하곤 했다. 내가 느끼는 것을 그나마 잘 나타낸다고 여긴 직유였다. 아니면 이렇게도 설명했다. "달리기 연습을 한 번도 해본 적 없는 사람이 풀코스 마라톤을 전력으로 완주한 다음날 느낄 몸 상태 같은 거야." 아침에 눈을 뜨면 내 몸이 말라비틀어진 고목처럼 딱딱하다고 느꼈다. 움직이면 부스러지거나 부러질 것 같았다. 머리부터 다리까지 통증이 웅웅대며 울렸다. 증상들은 왔다가 사라지고 다시 오거나 오지 않고 다른 모습으로 진화하거나 새로 나타나기도 했지만, 가장 오래 지속된 주요 증상은 주기적으로 악화와 호전을 반복한 전신의 통증, 그에 발맞추어 오르내리는 기분과 인지 기능, 피로와 에너지 없음, 빈맥과 심장 두

근거림, 극도로 예민해진 감각이었다. 마치 신체가 자극을 통증으로 번역하는 것 같았다. 햇빛이 아팠다. 작은 소음이 몸을 찔렀다.

증상 전체를 설명할 수 있는 진단명은 나오지 않았다. 딱히 놀라지 않았다. 진단명은 언제나 나오지 않았기 때문에, 또 어떤 면에선 원래 있던 문제들이 백 배쯤 증폭되었을 뿐이라고 느꼈기 때문이다. 내가 왜 아프냐고? 내가 나이기 때문에. 병원 순례는 여전히 성과가 없었다. **통증이 있어요—아무것도 없군요, 안녕히 가십시오.** 의사들은 다시 '스트레스'와 '걱정이 많은 성격'을 지적했다. 그중 한 명은 잊을 수 없는 말을 남기기도 했다. "걱정하지 마요. 걱정하면 없던 병도 생겨." 한의원에선 '기의 순환'이 문제라고 했다. 태핑tapping 치료사는 내 복부에 무언가(카르마?)가 많이 쌓여 있는 걸 감지할 수 있다고 했다. 처음엔 향정신성 약물이 효과가 있었다. 약을 먹으면 사라졌던 '껍질'이 돌아오고 세계와 나는 다시 분리되었으며 굳은 몸이 풀렸다(나중에 읽었지만, 일부 항불안증 약물은 스트레스로 인한 통각 과민을 차단한다고 한다). 그러나 오래가지 못했다. 몸도 병도 계속 변했고, 그러면서 전에는 듣던 약이 듣지 않거나 약효보다 부작용이 더 커졌다. 침술, 전기 침술, 한약, 사우나, 마사지, 수영, 요가, 명상, 채식, 단식, 또다시 각종 영양제와 보충제…… 나는 여러 지푸라기를 잡아봤다. 몇 년 후엔 혈액 중 염증 수치가 높게 나왔고 자율신경계에 이상이 있다고 했다. 원인이라기보다는 또다른 증상들이었지만 그래도 내 몸의 무언가가 잘못되어 있다는 '증거'가 드디어 나왔다는 생각에 은근히 기뻤던 기억이 난다. 그즈음부터는 면역 억제와 항염증 작용이 있는 약이 효과를 발휘했다. 부작용 때문에 가끔씩만 사용할 수 있는 치트키 같은 것이지만 말이다.

한국의 인터넷 포털 사이트에 만성피로증후군, 섬유근육통 등 '논란이 있는 질환contested diseases'을 가진 사람들의 카페가 생긴 것은 2014년이다. 나는 어느 정도 회복된 후에야 그곳을 발견했다. 나와 비슷한 증상을 겪는 환자들, 그중에서도 몸이 딱딱해졌다가 풀렸다가를 반복하며 통증을 겪는 환자들이 있다는 것을 알게 됐고, '브레인 포그brain fog(머릿속이 안개가 낀 것처럼 뿌연 느낌이며 인지 기능이 떨어지는 증상)'처럼 내가 겪는 증상을 가리키는 단어가 있다는 것도 알게 됐다. 유사한 병 경험들을 보고 놀랐으며 안심하기도 했다. **나만 이상한 거 아**

니지? 나만 답 없는 거 아니지? 또 이후에는 환자들이 쓰고 만든 책과 영화를 통해 좀더 일관되고 체계적인 이야기와 정보를 접할 수 있었다. 수전 웬델의 『거부당한 몸』(만성피로증후군), 엘리자베스 토바 베일리의 『달팽이 안단테』(만성피로증후군), 지나영의 『마음이 흐르는 대로』(만성피로증후군), 메건 오로크의 『보이지 않는 질병의 왕국』(자가면역성 갑상선염, 만성 라임병), 제니퍼 브레아의 다큐멘터리 영화 〈언레스트〉(만성피로증후군) 등 바이러스나 박테리아 감염 이후 심각한 신체 이상 증상들이 나타났다고 말하는 이 저자들의 이야기에도 서로 겹치는 부분이 많았다. 이 병원 저 병원, 또는 병원의 분과들을 전전하고, 검사해도 별 이상이 없거나 부분적인 병명들을 얻고, 여러 치료법을 시도해보지만 효과가 없고, 심리적인 문제로 의심받고, 일상과 사회생활에 어려움을 겪고, 집에만 몇 년씩 있고…… 그중 존스홉킨스대학 소아정신과 교수 지나영은 몸살을 앓은 후 갑자기 일상생활이 어려울 정도로 몸 상태가 안 좋아졌지만 열 명이 넘는 의사에게 우울증이라는 소견만 들었는데, 그러다가 페이스북에서 자신과 비슷한 증상을 보이는 환자들이 나오는 동영상을 본 것이 좀더 적절한 진단을 받는 일로 이어질 수 있었다고 한다. 그처럼 많은 지식과 자원을 지닌 이에게조차 대응하기 쉽지 않고 인터넷으로 정보를 얻어야 하는 병인 것이다. 지나영은 자신의 병에 관해 감염이 자가면역을 일으켜서 자율신경계 이상이 나타났던 것으로 추정한다.

2015년 미국 의학연구소는 미 보건복지부 등의 지원으로 만성피로증후군을 실재하는 심각한 질병으로 규정하는 연구 보고서를 내놓는다. 심한 피로, 활동 후의 증상 악화, 인지 기능 장애, 기립성 조절 장애 등 병의 진단 기준을 새로 제시하면서 보고서는 병의 새로운 이름도 제안하는데, '전신성 활동 불내성 질환SEID, Systemic Exertion Intolerance Disease'이 그것이다. 설명하자면 신체를 쓰든 머리를 쓰든 마음을 쓰든(신체적, 인지적, 감정적) 힘을 써서 활동하면 증상이 악화되는 병, 몸을 쓰는exert 걸 몸이 못 견디는intolerant 병이라는 것이다. 이 병의 환자들이 자기 상태를 묘사하기 위해 흔히 사용하는 비유가 있다. 마치 배터리가 5퍼센트 정도밖에 충전되지 않는 핸드폰 같다는 것이다. 내가 '몸 밖으로 나갈 수 없는 날'로 부르는 날들이 있다. 방전되어 있는 그런 날엔 문자 메시지에 답하는 일조차 중노동이다. 만성피로라는 말은 이 병의 환자들에게 흔한 통증 문제를 언급하지 못할 뿐 아니라 몸을 쓸 수가 없는 그 상태의 심각함을 전하지 못한다. 보고서는 또한 말한다. 이 병은 진단에 오랜 시간이 걸리고, 약 90퍼센트의 환자들이 진단을 받지 못하고 있는 것으로 추정되며, 진단 후에도 효과적인 치료를 받지 못하거나 되려 증상을 악화시키는 치료를 받을 때가 많다. 그래서, 어디가 시작이지?

"원인cause은 여전히 알려져 있지 않다."

그 모든 쟁쟁한 전문가들이 모여서 논의한 결과이자 합의한 문장이 아직은 이것뿐이다. 다만 증상들을 촉발할trigger 수 있는 사건으로 감염, 면역 접종, 마취제, 신체 외상, 환경 오염물질과 화학물질에 노출되는 일 등이 언급되기는 한다.

그리고 이제 최근의 코로나 후유증('롱 코비드')은 인체가 감염에 대응한 결과로 여러 심각한 전신 증상이 나타날 수 있다는 사실을 대규모로, 더는 부인할 수 없이 입증했다. 심한 피로, 브레인 포그, 빠른 맥박과 호흡 곤란, 근육통 등 코로나 후유증을 앓는 이들이 호소하는 증상은 만성피로증후군 환자들의 증상과 많이 겹친다. 왜 이런 증상들이 나타나는지에 관해선 여러 이론이 있는데, 바이러스가 강한 면역 반응을 일으켜

신체에 광범위한 손상을 남긴다는 이론, 면역 반응이 자가면역 질환을 일으킨다는 이론, 바이러스가 몸 어딘가에 숨어서 계속 면역 반응을 일으킨다는 이론 등이다. 그러나 정확히 무엇이 왜 어떻게 잘못되는 것인지에 관해선 아직까지 분명한 게 거의 없다. 증상은 갖가지다. 증상의 심각도도 사람마다 제각각이다. 회복의 정도도 제각각이다. 당연히 표준적인 치료도 없다. 이런 '감염 이후'의 병들에 관해 읽으며 확실히 알게 된 것이 하나 있다면, 나뿐만 아니라 과학도 아직은 뭐가 뭔지 잘 모른다는 것이다.

'그때 뭔가 잘못된 것 같아'라는 막연한 나의 짐작은 여러 해의 탐구를 거치며 이렇듯 '감염 후 신경계·면역계 이상'이라는, 좀더 구체적으로 들리지만 사실 비슷하게 막연한 짐작이 됐다. 작은 일에도 투쟁·도주 반응을 보이는 나의 뇌, 지속되는 스트레스, 면역 활동 이상, 염증, 통증, 피로…… 어떤 게 원인이고 결과인지 나로선 인과의 방향을 정확히 그릴 수 없지만 아마도 저런 단어들이 구성 요소가 되는 과정이 이 몸에서 일어나고 있는 게 아닌가 한다. 이 몸, 껍질이 사라진 몸, 과민한 것을 넘어 주변 세계를 적대적인 것으로 감각하는 몸, 염증과 통증에 불타는 소진된 몸, **달리기 연습을 해본 적 없는 사람이 풀코스 마라톤을 전력으로 완주한 다음날의 몸**. 이 마라톤 비유는 비유가 아니라 나의 신체적 현실이었는지도 모른다.

그리고 다시, 또다시 거슬러올라가면, 발병 혹은 악화 전에도 나는 언제나 그런 몸이 아니었나 하는 생각도 한다. 내 과민함과 면역계 이상과 염증과 통증, 이 모두가 연결되어 있다는 건 예전에도 나의 이론이었다. 어떤 장기가 내 몸에선 제대로 작동하지 않는 게 아닐까, 나의 장벽(그런 게 있다면)이 너무도 투과성인 게 아닐까 생각하기도 했다. 내게 마음의 이상異常은 곧바로 몸의 이상이었다. 주체와 대상, 몸과 정신이 이분되어 있지 않다는 건 나에겐 철학사를 경유하여 배울 수 있는 지식이 아니라 경험적으로 자명한 사실이었다. 스테로이드는 심하게 아프기 전에도 후에도 내게 마법의 약이었다. 나의 면역은 좀 억제되어야 한다. 내 몸은 외부의 것들뿐 아니라 자신조차 못 견뎌 하며 사방팔방 공격하는 데 열심이기 때문이다. 이 사실을 나라는 사람의 은유나 요약으로 생각하지 않기가 어렵다. 내 몸이 그러하듯 나는 세계를 위협으로 느끼는 사람, 자기 자신의 생각과 기억에 신체적으로 상처받는 사람, 공포가 조건인 사람 아닌가. **이 많은 두려움이 도대체 다 어디에서 왔을까.** 그렇다면 병의 발병 혹은 악화란 그저 내가 더욱 내가 된 사건이 아니었나.

중병이 강제한 자아 성찰과 기원 탐구가 도달한 곳은 여기다. 왜 병이 났지? 아마 바이러스 때문에. 아니면 이렇게 말할 수도 있겠다. 타고난 취약함이 인생 경로에서 어떤 요소와 조건과 사건들에 의해 계속 발현되고 악화되었기 때문에. 거기엔 모든 것이 작용했다. 사회체제, 환경, 근대화, 문명, 나의 죄, 유전, 태교 (실패), 가부장제, 카르마, 기의 순환, 스트레스, 걱정이 많은 성격, 감염…… 기대치 못한 방식으로 어찌어찌 일이 다 잘될 거라는 긍정적인 말을 하고 싶을 때 사람들이 인용하는 『로마서』의 구절이 있다. "모든 것이 합력하여 선善을 이루느니라." 그러나 모든 것이 합력하여 이루는 게 선만은 아닌지도 모른다.

나는 지금 이 고통이 지난해의 고통과 뒤섞이고 다시 십 년 치의 고통과 뒤섞이는 걸 본다. 십 년 치의 고통이 또다시 평생 치의 고통과 뒤섞이고 평생 치의 고통이 그 위로 산더미처럼 쌓인 역사와 만나는 걸 본다. 돌아보고 거슬러올라가고 훑어보다보면 더이상 병을 이룬 것과 나를 이룬 것을 구분할 수 없다. 내가 왜 아플까? 내가 바로 나이기 때문에. 어느 순간 나는 내 삶의 무늬를 알아볼 수 있다고 생각한다. 모든 우연이 날실과 씨실이 되어 필연을 엮어내고 있었다. 전부 한쪽 방향만을 가리키고 있었다. 나는 평생을 이 병을 향해, 부서지기 위해 달려왔다.

모든 것이 살점을 쥐어뜯는다. 모든 것이 살갗에 박히는 가시이다. 아프다 아프다 아프다. 이 말은 거의 보이지 않도록 작게 써야 한다. 프린트하지 않은 수만 장의 종이 위에 적힌, 내가 미처 쓰지도 못한 글의 내용은 수년간 저것뿐이라, 누구에게도 보여준 적이 없음에도 불구하고 존재하지 않는 독자들을 이미 영원토록 지루하게 만들었기 때문이다. _2012년 일기

앓기의 기술과 쓰기의 기술

앓기의 기술은 익히기 쉽지 않지만, 가장 아픈 이들이 완벽의 경지까지 이 기술을 연마하곤 한다.

_ 버지니아 울프의 어머니 줄리아 스티븐의 「병실 메모」

아픈 사람이자 아프다는 것에 관해 좋은 글을 쓸 수 있는 사람은 드물다. 나는 숙련된 작가들마저 비틀거리는 것을 봤다. 병을 드러내는 것은 몸을 드러내는 것이며, 개인적인 삶을, 때로는 내밀한 삶을 드러내는 것이다. 노출을 감행하고 감당할 수 있는 솔직함과 용기는 좋은 질병 이야기가 갖춰야 하는 최소한의 조건일 뿐, 고백 자체에 몰두하면 글쓰기가 날것을 내놓는 일이 아니라 글**짓기**이며 구축構築이라는 기본을 간과하기 쉽다. 그러나 미숙함과는 비교할 수 없이 큰 위험은 글쓰기를 둘러싼 욕심에서 오는지도 모른다. 고통을 말함으로써 사람들에게 관심과 사랑을 받고픈 마음, 고통을 재료 삼아 예술 자체에 아부하고픈 야망, 그런 욕망들이 언어로 경험을 직조하는 작업에서 지배적인 힘이 되면 내게 일어난 사건을 배반하고 자신의 진실에서 멀어지는 타락이 시작된다.

양편의 낭떠러지 사이로 난 가느다란 길 위를 걷는 일, 앓는 일만큼이나 앓기를 쓰는 일도 그렇게 위태한 일이다. 둘 모두에 기술/예술art이 필요하다.

병자로서 고통을 전하되 끝없이 하소연하지 않는 작가로서의 자의식, 할 수 있는 말을 통해 할 수 없는 말까지 전하는 능란함, 쉬운 승리로도 쉬운 절망으로도 가벼이 기울지 않는 평정심, 아프다는 것을 시시한 글의 변명으로 삼지 않는 자존, 자기가 보는 어둠을 부러 숨기지 않으면서도 그것으로 자신을 장식하지 않는 윤리, 오랜 시간 매일 공들여 노력하는 자기 규율,

나의 고통은 유일하고 절대적이나 그와 동시에 세상에 존재하는 무수한 고통을 인식하는 균형감, 고립시키는 고통을 접면을 넓히는 기회로 전환하는 놀라운 도약.

좋은 글의 조건을 나열해보면 쓰는 기술과 앓는 기술이 어느 정도 겹치는 것인지도 모른다는 생각에 이르게 된다. 앓기의 기술은 삶의 기술과 다른 말이 아니며, 삶의 기술은 쓰기의 기술과 따로 존재하지 않기 때문일 것이다.

질병은 이야기하기 어렵지만 이야기하지 않기에는 너무도 이야깃거리가 많은 경험이다. 그것이 몸과 마음의 한계를 시험하고 의학, 과학, 언어, 제도, 공동체의 한계를 시험하고 인간임과 인간으로 산다는 것의 한계를 시험하기 때문이다. 어려움과 위태함에도 불구하고 쓰인, 두 기술이 겹치는 흔치 않은 글에서 우리는 상상치 못한 고난에도 전부 무너지지 않는 인간의 생존 능력과 회복 능력을 목격한다. 아픈 채로도 삶이 있을 수 있다고 속삭이는 조용한 목소리를 듣는다. 생과 사의 틈 사이로 얼핏 새어나온 세계의 비밀을 본다. 우리는 고통받은 이들이 고통을 품고 삭이고 살아내면서 빚어낸 아픈 보석의 반짝임을 읽는다.

고통의 그림

1

아버지 말처럼 통증이 그렇게 심각한지 저희가 어떻게 아나요? 제 말은, 아버지 말을 믿긴 하지만 눈으로 확인할 순 없잖아요.

_ 의료인류학자 아서 클라인먼이 인터뷰한 요통 환자 아들의 말

통증을 말로 표현할 수 있음과 없음, 통증을 소통할 수 있음과 없음에 관한 많은 말이 있다.

나는 한동안 그런 말들을 수집했다. 알약처럼 수집했다.

영문학자 일레인 스캐리는 『고통받는 몸』에서 통증이 말로 표현 불가능하고 소통 불가능하다고 주장한다.

"육체적 고통은 언어에 저항할 뿐만 아니라, 언어를 적극적으로 분쇄하여 인간이 언어를 배우기 전에 내는 소리와 울부짖음으로 즉각 되돌린다."

"통증을 겪고 있는 사람에게 통증은 논박할 수 없게, 또 절대적으로 현존하는 것이어서, '고통스러워하기'는 '확신하기'의 가장 생생한 예로 여겨질 수 있을 정도다. 반면 타인에게 통증은 도무지 잡히지 않는 것이어서 '통증에 관해 듣기'는 '의심하기'의 가장 좋은 사례가 될 수도 있다. 그리하여 통증은 공유하기 불가능한 무언가로서, 부정될 수 없는 것이자 동시에 확증될 수도 없는 무언가로서 사람들 가운데 나타난다."

인류학자 다비드 르 브르통은 『고통의 인류학』에서 통증이 존재와 언어를 조각내므로 언어화할 수 없고 소통될 수 없다고 주장한다.

“통증은 언어의 근본적인 실패다. (…) [통증을 겪는 사람은] 통증으로 인해 이 고문과도 같은 친밀성에 이름을 붙일 수 없다. 소통할 수 없는 통증은 탐험가들이 형체가 있는 지형도를 그릴 수 있는 대륙이 아니다. 통증의 칼날 아래서 존재의 통일성은 조각나고 그리하여 언어도 조각난다. 그것은 비명을, 불평을, 신음을, 울음 또는 침묵을 유발한다. 다시 말해 발화와 사고의 실패를 유발한다.”

신경매독 환자였던 알퐁스 도데는 「라 둘루」에서 언어의 쓸모없음을 한탄한다.

“통증의 실제 느낌이 어떤지를 묘사할 때 말이라는 것이 조금이라도 쓸모가 있는가? 언어는 모든 것이 끝나버리고 잠잠해진 뒤에야 찾아온다. 말은 오직 기억에만 의지하며, 무력하거나 거짓이거나 둘 중 하나다.”

심한 두통이 지병이었던 버지니아 울프는 『아프다는 것에 관하여』에서 언어의 빈곤을 한탄한다.

“결정적으로 문학에서 질병 묘사를 막는 것은 언어의 빈곤이다. 영어, 이 언어는 햄릿의 사변과 리어왕의 비극을 표현할 수는 있어도 오한이나 두통을 표현할 말은 없이 한쪽으로만 무성하다. 평범한 여학생도 사랑에 빠지면 셰익스피어나 키츠로 자신의 마음을 대신 말할 수 있지만, 아픈 사람이 머릿속의 통증을 의사에게 묘사하려고 하면 언어는 즉시 말라버린다."

한편, 유방암 투병을 했던 시인 앤 보이어는 『언다잉』에서 스캐리의 말을 반박한다.

"통증은 언어를 파괴하지 않는다. (…) 뭔가가 어렵다고 해서 불가능한 건 아니다. 고통을 야기하는 모든 것을 지칭할 어휘가 영어에 존재하지 않는다고 해서 앞으로도 그러리란 법은 없[다]."

『고통의 이야기The Story of Pain』의 저자인 역사학자 조애나 버크도 스캐리의 말을 반박한다.

"통증이 언어를 '적극적으로 파괴'한다는 스캐리의 주장과는 반대로 통증 경험은 사실 언어를 만들어낼 수 있다. (…) 자신의 괴로움을 친구, 가족, 의사에게 전하고자 할 때 사람들은 놀라울 정도로 유창해지기도 한다."

소설가 힐러리 맨틀은 『피에 흐르는 잉크—병원 일기』에서 버지니아 울프의 말을 반박한다(맨틀이 대수술을 받고 병실에서 쓴 글이라서 그런지 몹시 가혹하게 반박한다).

"버지니아 울프의 『아프다는 것에 관하여』를 읽는다. 여학생이 쓴 것 같은 헛소리구먼, 나는 생각한다. 『톰 소여』에서 비웃는, 젊은 숙녀들이 쓴 그런 작문 같다. 질병을 묘사하는 '언어의 빈곤'에 관해 울프가 불평할 때 나는 무슨 말인지 이해할 수가 없다. 아픈 사람에게 '쓸 수 있는 기존의 말'이 없다고 울프는 말한다. 그렇다면 통증과 근수축과 협착과 경련을 노래하는 그 모든 표현들은 뭐란 말인가. 후벼파는 듯한 통증, 파고드는 듯한 통증, 찌르고 꼬집는 듯한 통증, 욱신거리는 통증, 작열하는 통증, 쏘는 듯한 통증, 얼얼한 통증, 살점을 떼어내는 듯한 통증. 모두 좋은 표현들이다. 모두 오래된 언어들이다."

서로 엎치락뒤치락하는 듯 보이는 이 말들 사이에 끼어들어 각각을 옹호하거나 비판하거나 나만의 논점을 제기할 수도 있을 것이다. 가령 조애나 버크는 스캐리를 오독하고 있다, 스캐리는 통증 사후가 아니라 현재 극심한 통증을 겪고 있는 사람의 언어에 관해 논하고 있다라든지, 통증의 언어화와 소통은 두 개의 다른 문제일 수 있다, 언어화가 안 되어도 전달은 할 수 있다 등등으로 말이다. 그러나 나의 메모 파일 안에 오래도록 담겨 있었던 이 말들을 나열한 건 이제 와 말들 사이의 부딪힘을 부각하기 위해서가 아니다. 그보다는 그런 수집(혹은 집착)의 흔적이 통증 환자가 경험하는 소통의 좌절을 개인적인 맥락에서나마 방증하기 때문이다.

문제는 통증이 사과가 아니라는 데서 온다.

사과는 내 몸 밖에 존재하며 볼 수 있는 사물이다. 그것은 내가 쳐다보고 있지 않아도, 다시 말해 내 지각과는 상관없이 객관적으로 존재한다. 다른 사람들도 그것을 감각할 수 있으므로 나는 그 크기와 모양과 색과 향과 맛을 표현하려 애쓸 필요가 없다. 사과를 쥐여주기만 하면 된다. 반면 통증은 주관적이다. 통증은 내가 지각해야 존재하며 내 통증은 나만이 지각할 수 있다. 따라서 통증이 있으며 얼마나 아프고 어떻게 아픈지 다른 사람들에게 알리기 위해선 밖으로 표현해야 한다. 표현한다는 건 내 몸 밖에 통증을 알리는 표지 또는 통증과 닮은 사물을 만드는 일이다. 외부 세계에 사과 같은 것이 존재하도록 하는 일이다.

(표정, 제스처, 신음, 비명 등 반사에 가까운 신체적 표현을 제외하고) 가장 쉽고 흔한 표현 수단은 언어다. 그러나 앞의 인용문들이 보여주듯 언어가 통증을 만족스럽게 전달할 수 있느냐에 관해선 비관하는 이들이 많다. 혹은 최소한 그건 논쟁거리다. 통증 환자가 되면서 언어 비관론자가 된 나 역시 언어가 단편밖에 전달할 수 없다고 한탄하며 많은 시간을 보냈다. 내가 알게 된바, 통증 말하기는 실패, 좌절과 동의어였다. 그러는 한편 전설 속 언어를 그리워하며 많은 시간을 보냈다. 신이 에덴동산의 아담에게 내려준 언어, 아담이 사물에 이름을 붙이는데 사용한 언어가 있었다고 한다. 그 언어는 "한 단어가 한 사물의 근원적 의미를 혼동의 가능성 없이 전달"하며 "마치 화살처럼 내적 본성으로 바로 파고들어 사물의 본성을 즉각 명료하게 만들" 수 있었다고 한다. 만일 우리의 언어가 그랬다면 모든 게 얼마나 쉬웠을 것인가. 나는 단순히 말함으로써 통증의 '근원적 의미'와 '내적 본성'을 전할 수 있었을 것이다. 내게만 보

이는 유령에 관해 떠드는 것 같은 느낌에 시달리는 대신, 말함으로써 유령을 불러낼 수 있었을 것이다. 하지만 애석하게도, 다시 전설에 따르면 신이 아담에게 전해준 근본 자모essential alphabet는 바벨탑 이후 사라졌다고 한다. 그후 인간의 언어에선 기호가 가리키는 것의 원형이 더는 기호에 담겨 있지 않다. 통증이라는 감각의 강렬함, 중대함, 위급함, 부정성 전체가 통증이라는 말에서 두둥실 떠오르지는 않는다는 것이다. 언어학자와 철학자들은 이렇게 말한다. 통증이라는 기호는 통증이라는 개념과 아무 필연성 없이 묶여 있을 뿐이며, 내가 통증이라는 단어로 말하는 감각과 네가 통증이라는 단어로 말하는 감각이 동일한 것인지도 우리는 알 수 없다고. 통증 환자로서 나는 이렇게 말한다. 내가 느끼는 '바로 그것'을 표현하고 전하기에 언어는 거의 언제나 부족하고, 말로 표현한 '그것'은 실제 '그것'보다는 밋밋하고 건조하고 축소되어 있으며, (눈물, 찌푸린 얼굴 등의 다른 증거에 의해 보강되지 않는 한) 미심쩍기까지 하다고. 생각해보라. 누군가가 평온한 얼굴과 목소리로 '정말 아프다'고 말할 때 그 말만을 듣고 그 사람이 **정말로** 아프다고 여길 수 있는지.

조애나 버크의 말처럼 환자가 좀더 유창하게 말한다면 어떨까. 힐러리 맨틀의 말처럼 좋은 표현들을 사용한다면 나을까.

통증을 더 잘 표현하기 위한 제한된 언어 전략이 있기는 하다. 통증의 언어화 문제에 천착한 대표적인 연구서 『고통받는 몸』에서 저자 일레인 스캐리가 '무기 언어language of agency'라고 칭한 표현의 방식이 그것이다. 통증을 말할 때 우리는 아프다고만 하는 것이 아니라 무기나 몸의 손상을 동원해서 통증을 묘사한다. 칼로 찌르는 것 같다, 송곳이 파고드는 것 같다, 망치로 내리치는 것 같다, 살이 타는 것 같다, 머리가 깨지는 것 같다…… '마치 ○○ 같다' '마치 ○○처럼 느껴진다'라는 구조를 갖는 이런 무기 언어는 몸 외부의 사물이나 손상을 동원하여 비가시적인 통증에 가시적인 레퍼런스를 준다. 하지만 내가 '제한된' 언어 전략이라고 말한 이유가 있다. 무기 언어는 우리가 가진 거의 전부이기 때문이다. 힐러리 맨틀의 '좋은 표현들'조차 살펴보면 그 대부분이 무기 언어다. 후벼파는 듯한 통증, 파고드는 듯한 통증, 찌르고 꼬집는 듯한 통증, 쏘는 듯한 통증, 살점을 떼어내는 듯한 통증…… 좋은 표현이 정말로 그렇게 많은가? 상상할 수 있는 무기의 종류와 손상의 방식이 대단히 다채롭지는 않다. 무기 언어의 또다른 문제는 과장으로 들린다는 것이다. 가령 '송곳이 후벼파는 듯한 통증'이라고 말할 때 실제로 송곳이 후벼파고 있는 건 아니므로 청자는 그 말을 말 그대로 받아들이지는 않는다. 내 생각에 무기 언어는 듣는 사람이 통증의 양상을 구체적으로 상상해볼 수 있게 하지만('아, 그런 식으로 아프구나'), 기본적으로 통증을 축소하고 의심하게 하는 언어다('설마 진짜로 그렇게 아프진 않겠지').

환자가 어디까지 유창해져야 하느냐라는 문제도 있다. 내가 느끼던 그 통증과 가장 비슷한 언어를 발견한 건 사뮈엘 베케트의 희곡 『행복한 나날』에서였다. 작열하는 태양 아래, 흙더미 언덕에 허리까지 파묻힌(나중엔 목까지 파묻힌다) 중년의 여자가 언덕 아래쪽에 있는 남편을 향해, 또는 혼잣말로 끊임없이 떠들고 중얼대며 "행복한 날"이라는 대사를 거듭 말한다. 이 작품이 전하는, 점점 더 닫혀오는 메마른 세계 안에서 느끼는 숨 막힘은 딱딱해진 몸 안에서 질식하고 있다는 내 통증의 느낌과 흡사했다. 이렇듯 공들여 노력한다면 '바로 그것'은 아니지만 '그것'의 느낌에 수렴하는 정교한 문장들을 만들어낼 수 있을지도 모른다. 듣는 사람이 통증이 있다는 사실만 전

〈이 바닥 없는 외로움〉, 2010,
종이에 펜

해 받는 게 아니라, 자기 감각으로 그 비슷한 것을 느끼게 하는 언어를, 공감共感하게 하는 언어를 발명할 수 있을지도 모른다. 하지만 모든 통증 환자가 베케트가 될 수 있는 건 아니다. 어떻게 아픈지 말해야 할 때마다 희곡 한 편을 내밀 수도 없다.

내가 그림(이라기보다는 낙서)을 그린 건 의식적이거나 논리적인 이유로 시작된 일이 아니었다. 별생각 없이, 독서도 인터넷 서핑도 힘들기에 할 일이 없어서 종이 위에 끄적이기 시작

〈절벽: 내가 살아야 하는 곳〉, 종이에 수채물감, 2010

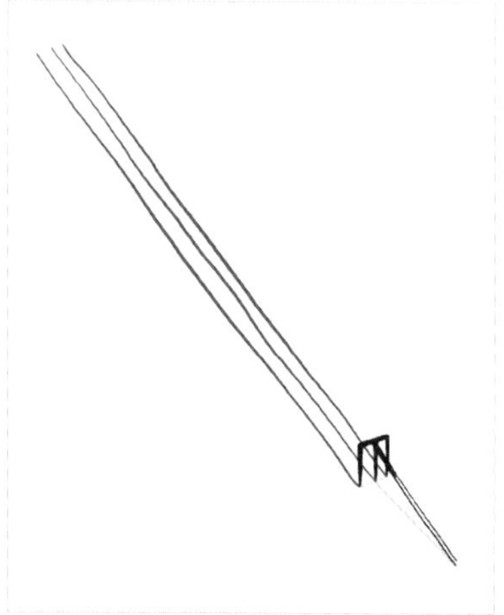

〈갈퀴〉, 디지털, 2013

한 것이다. 앞의 그림은 중병 초기의 낙서 가운데 하나로, 민망함을 무릅쓰고 여기 싣는다. 내가 미술에 재능이 없다는, 누가 봐도 명백한 사실은 당시에 전혀 중요하지 않았다. 중요했던 건 이 형편없는 낙서조차 '아프다' '힘들다'는 말보다 내가 느끼는 '그것'과 훨씬 더 닮은 꼴이었다는 사실이다. 종이를 검게 칠하고 나면 정말로 내 안에서 무언가를 꺼내놓은 듯 속이 후련해지기도 했다. 이런 게 미술 치료인가, 생각했고 곧 낙서가 새로운 취미가 됐다.

옆의 두 그림은 역사에 남을 예술작품은 분명 아니나 내 개인적인 역사에 마디처럼 남은 그림들이다. 절벽 위에 있다는 느낌을 표현하기 위해 (너무나 말 그대로) 절벽을 자주 그렸고, 통증의 느낌을 표현하기 위해 갈퀴가 긁고 지나가며 패인 상처의 이미지도 여러 번 그렸으며, 종이를 검게 칠하는 낙서도 계속했다.

몇 해가 지나고 나는 우연히 '고통 전시회Pain Exhibit'라는 웹사이트○를 알게 됐다. 섬유근육통, 만성피로증후군, 편두통, 관절염 등 질병이나 사고 후유증으로 만성적인 통증에 시달려온

○ http://painexhibit.org.

사람들이 자신의 고통을 표현한 미술작품을 온라인상에 전시하는 곳이다. 그림을 그리는 환자는 나만이 아니었던 것이다. 나보다 훨씬 더 창의적이고 재능 넘치는 이곳의 환자들은 회화, 소묘, 사진, 조소 등 다양한 기법과 형식으로 작업하고 있었으며, 보는 것만으로 아플 정도로 생생한 통증의 초상을 만들고 있었다. 작품들은 몇 개의 갤러리로 분류되어 전시되는데, 갤러리의 이름 자체가 통증 환자의 경험 중 주요한 단면을 포착한다. '시각화된 통증' '고통' '고립과 갇힘' '하지만 너 괜찮아 보이는데' '희망과 변화'…… 작품 아래에는 환자-작가 본인의 작품 설명이 함께 적혀 있다. 한창 이 웹사이트를 들여다보던 시기에, 그림을 그리는 통증 환자들을 만나 놀라고 기뻤던 나는 그들의 말을 하나하나 읽었다. 당시 메모해두었던 작품 설명 중에는 이런 것들이 있다.

"통증은 사람들이 이해할 수 있는 것 너머에 있다. 나 자신이 걸어다니는 시체처럼 느껴진다."

"통증은 소통되지 않고, 미칠 정도로 주관적이며, 언어와 계량에 저항하는 자기 혼자만의 현실이다. 통증 속에 사는 것은 고립 속에 사는 것이다."

"나는 자화상을 통해 말로 표현할 수 없는 느낌을 표현하고자 한다. 그건 내가 겪는 고통을 설명하려는 시도다. 내게 미술작업은 항상적인 통증이 있는 삶을 살아내도록 나 자신을 돕기 위해 하는 일이다. 그림은 마치 얼굴 없는 적에게 얼굴을 주면서 내 통증의 기록이 되는 것과도 같다."

내 안에서 몇 년간 충동과 느낌의 덩어리로만 존재했던 것이 명료해지는 기분이었다. 이들의 말은 통증 환자로서 하는 미술 작업의 의미를 또렷이 짚고 있었다. 언어의 부족, 소통의 좌절이 그림을 그리게 한다. 이런 작업은 통증을 기록하는 일, 얼굴 없는 적에게 얼굴을 주는 일이다. 내 말로 하자면 보이지 않는 것을 보이게 하는 일, 외부 세계에 나의 내면과 닮은 사물을 만드는 일이다. 그렇다면 내가 중병 초기에 낙서를 시작한 건 자연스럽고 거의 당연한 일이었다. **통증이 있어요 — 아무것도 없군요, 안녕히 가십시오**로 요약되는 병원 방문에서든, 내게 심각한 일이 일어나고 있다는 걸 전하는 데 실패한 주변 사람들과의 소통에서든, 내가 겪고 있는 일을 제대로 표현하고 전달할 수 없다는 절망과 이걸 나밖에 모른다는 외로움이 아픈 것 자체만큼이나 괴로운 시기였기 때문이다. 내가 전달을 위해, 그러니까 누군가에게 보여주기 위해 그림을 그렸던가? 그건 아니었다. 자신을 돕기 위해 하는 일이라는 앞의 환자-작가의 말처럼 그림을 그린다는 것 자체에서 오는 만족감이 있었고, 심지어는 덜 고통스러워지기에 그렸다. 아마도 계속 부정된다고 느끼는 무엇을, 보고 만질 수 있으며 실체가 있는 것으로 만들어 존재하게 한다는 것에서 오는 긍정적인 심리적 효과가 있지 않나 한다.

나와는 달리 작품을 자기 경험을 전달하는 데 실제로 사용한 환자들도 있었다. 어느 환자는 그림의 복사본이 자신의 의료기록 서류철에 남아 있다고 한다. 어떻게 아픈지 말해야 할 때 미술작품을 (베케트의 희곡을 내밀듯) 내미는 사람들이 정말로 있었던 것이다. 그 창의성, 적극성이라니. 아니 그보다는 절박함이라고 하는 게 맞겠지만. 이 웹사이트의 창립자인 마크 콜린이라는 사람 자신이 의사에게 보여주기 위해 미술작품을 만들기 시작한 환자다. 미술과는 거리가 먼 사람이었으나 디스크 문제로 통증에 시달리게 된 것이 계기가 됐다. 아프면서 결혼생활도 끝나고 직업도 잃었지만 의사들에게 자신의 고통을 이해시키기가 어렵다고 느꼈는데, 어느 날 작품을 만들어 의사와 경험을 시각적으로 공유하자 그뒤로는 통증을 의심받지 않고 더 나은 치료를 받을 수 있었다고 한다. 이후 콜린은 만성 통증이 있는 환자-작가들과 접촉해서 고통의 이미지들을 온라인에 모아두는 프로젝트를 시작하며, 그가 발휘한 '절박한 창의성'의 결과물이 '고통 전시회' 웹사이트다.

'할 수만 있다면 꺼내 보여주고 싶다.' 고통받는 사람은 말한다. 내 안의 고통을 꺼내놓고 싶다는 필요와 욕구는 그토록 간절해서 어떻게든 밖으로 표출되는 길을 찾고야 마는 것 같다고, 나는 '고통 전시회'를 둘러보며 생각하곤 했다. 말이 실패할 때 사람들은 자신이 느끼는 걸 전달할 수 있는 물질을 구성하고 만들기도 한다. 형상을 통해, 색채를 통해, 재료를 통해 감각할 수 있는 사물을 바깥 세계에 존재하도록 한다. 이 같은 작업은 자신이 언어로 만들어낼 수 있는 것보다 양감, 질감, 향, 맛, 색이 더 풍부한 사과를 만드는 일이라고도 할 수 있을 것이다.

다른 통증 환자들과 마찬가지로 나에게 통증의 주관성과 비가시성은 절박한 문제였고, 그래서 통증의 소통을 논하는 글들을 읽었다. 주로 언어적·언어학적·언어철학적 고찰이라든지 우리가 대상을 어떻게 지각하느냐는 철학적 논의로, 내 사고의 궤적을 보여주기 위해 앞에서 언급하기도 했다. 하지만 나는 점점 그런 논의들이 실제 환자들이 말하는 소통의 좌절 중 일부만을 설명한다고 생각하게 됐다.

이런 질문을 던져볼 수 있다. 통증 환자의 경험에서 보이지 않는 것, 사람들이 모르는 것, 소통하기 어려운 것, 그럼에도 그토록 전하고 싶은 건 무엇인가? 나는 통증의 느낌을 전하는 갈퀴뿐 아니라 내가 살고 있다고 느낀 장소인 암흑과 절벽도 그렸다. '고통 전시회'의 환자-작가들이 표현한 것 역시 통증 감각만이 아니었다. 그들은 고립 속에 산다는 것, 자신에게 일어나고 있지만 남들은 모르는 일, 걸어다니는 시체 같다는 느낌을 그렸다. 통증 환자가 전하고 싶어하는 건 통증만이 아니라 **통증을 가지고 산다는 고통**인 것이다. 환자가 통증이 아니라 고통을 말하고 싶어한다는 건 당연한 일 아닌가? 그러나 통증 환자로서 겪는 감각의 비가시성뿐 아니라 통증 환자로서 사는 경험의 비가시성이 처음부터 내게 자명했던 것은 아니다. 무엇이 보이지 않는지를 이해하게 된 건 느린 과정이었으며 거기엔 다른 종류의 글들이, 감각을 논하는 말들을 넘어 환자의 직접 살아본 경험lived-experience과 삶에 관한 말들이 필요했다.

그림을 그리기 시작했을 때와 비슷하게 목마름 같은 것에 이끌려 나는 병자들의 이야기가 나오는 책을 읽기 시작했다. 통증 환자를 비롯해 중병을 겪은 사람들의 개인적인 서사라든지 환자의 주관적인 경험을 다룬 현상학적 연구들이었다. 이 역시 의식적이거나 논리적으로 시작된 일이 아니었고, 책장에 책이 좀 쌓이고 나서야 내가 '병자의 일인칭 이야기'라는 태그를 붙일 수 있을 만한 글들을 읽고 있다는 걸 깨달았다. 거울이 되어주는 말과 이야기 없이는 자신이 겪은 일을 그 경험의 밖에서 볼 수 없다. 다름뿐 아니라 같음을 비춰보며 우리는 자신의 모습을 안다. 그렇게 다른 병자들의 이야기를 경유한 후에야 나는 통증이 환자의 삶에 가져오는 부정적인 변화를, 그리고 통증이 보이지 않는 것에 더해 그런 변화의 많은 부분이 보이지 않는다는 것을 이해하게 되었다. 또 내가 그림으로 무엇을 그리고 싶어했는지를 일부나마 말로 설명할 수 있게 되었다.

2

홀로, 홀로, 오로지 나 홀로,

넓디넓은 바다에서 나 홀로!

_ 새뮤얼 테일러 콜리지, 『늙은 뱃사람의 노래』

몇 해 전 공저자로 참여한 책에 내 병 경험을 담은 글을 실었을 때 언니는 읽고 말했다.

"그렇게 아픈 줄 몰랐다."

나는 놀랐다. 이제 오래전 내가 울며 횡설수설하는 전화를 했을 때 내가 살던 곳으로 찾아와 날 자기 집으로 데려간 사람이 언니 아니던가. 언니와의 전화 통화가 생명줄이던 시기도 있었고, 그렇게 가장 기민하게 반응했던 사람 아닌가. 그리고 나중엔 나랑 몇 년을 같이 살기까지 했는데, 언니가 모른다면 도대체 누가 알 수 있단 말인가.

그러나 다시 생각해보면 더 놀라운 건 언니가 당연히 알고 있으리라고 생각한 나 자신이다. 이건 병자의 시야에 얼마나 자신과 자기 괴로움밖에 없는지를 보여주는 사례가 될 수도 있겠다. 언니가 어떻게 알았겠는가. 내 몸의 외부에서 언니가 본 나는 그저 매일매일의 생활을 하고 있었을 것이다. 먹고 자고 집 주위를 걷고 강아지를 돌보고…… 몸 상태가 안 좋은 오전에 나는 방에서 나가지 않았다. 같이 사는 동안 하소연한 적도 없다. 나는 외출을 안 했을 뿐이다. 내가 아프고 힘들다는 걸 언니는 분명 알고 있었겠지만(애초에 아파서 같이 살게 된, 아니 얹혀살게 된 것이기에) **그렇게** 아픈 줄은 몰랐을 것이다. 사막, 절벽, 하데스 등등 너무 심각해서 우스꽝스럽게도 들리는 이 말들이 내 일기에 전만큼 자주는 아니지만 여전히 등장하던 때였다. 그리고 우리는 자기 앞에 있는 사람, 함께 이야기하고 밥을 먹는 사람이 하데스에 있다든지 그런 생각은 보통 잘 떠올리지 못한다.

『고통의 문화The Culture of Pain』의 저자인 영문학자 데이비드 모리스는 통증과 재현에 관해 논하는 이들 중 드물게도 통증의 강도뿐 아니라 지속 시간이 환자의 통증 표현에 가져오는 차이에 주목한다.

내가 대학병원의 통증 클리닉에 나가면서 가장 놀랐던 것은 겉보기로는 '평범한' 환자들의 얼굴이었다. 나는 고통에 찬 표정과 비명을 기대했다. 하지만 그런 것들은 영화에서 급성 통증을 그리는 방법이다. 만성 통증은 덜 연극적이며 잠행성이다. 아마도 만성 통증의 가장 교활한 특징은 평범하게 행동하도록 만드는 능력일 것이다.

심한 급성 통증은 아마 일레인 스캐리의 말처럼 언어를 분쇄해 울부짖음으로 퇴행시킬 것이다. 애초에 스캐리가 논의하고 있는 게 고문받는 사람의 통증이다. 통증이 문제가 된다고 할 때 사람들이 떠올리는 건 아마 그렇게 극단적인 통증, 10점 척도에서 9나 10의 통증이고 단발성의 통증이며, 그 괴로움도 쉽게 이해할 것이다. 반면 가령 5, 6, 7을 오가는 통증, 때로는 일상생활을 할 수 있고 때로는 못 할 정도의 통증 속에서 계속, 일 년, 오 년, 십 년을 살아간다는 것이 어떤 일인지는 알기 어렵다. 만성 통증 환자들은 비명을 지르지 않는다. 겉보기로는 무난하게 일상을 살고 직장을 다니기도 한다. 통증은 보이지 않고 환자들은 조용하므로 아무 일도 일어나고 있지 않는 것

같고, 환자가 아프다고 밝혀도 사람들은 축소해서 받아들이거나 의심하고 얼마 후면 또 잊는다. 환자는 통증의 가시성이라는 문제에 계속 부딪힐 수밖에 없다.

류머티스 관절염 환자이자 사회운동단체 활동가인 이혜정은 일터에서 아프다는 걸 매번 새로 설명해야 하는 고단함을 이렇게 표현했다. "통증은 타인이 확인할 수 없는 당사자만의 지옥이다. 그들에게 보이지 않는 나의 지옥을 확인시켜야 할 때마다 나는 좀 비참해진다." 류머티스 관절염이 있는 작가이자 대학교수인 소냐 후버는 자신이 언제나 통증을 느끼지만 "길다란 금속 파이프[지팡이]를 짚고 다닐 때만 사람들은 내 통증을 본다"고 적었다. 아서 클라인먼이 인터뷰했던, 가족에게조차 통증을 의심받는 요통 환자이자 경찰인 남성은 별 효과가 없었던 수술을 또 한 번 받는 걸 고려하고 있었다. 수술 사실이 통증의 가시적인 증거가 된다는, 수술의 (신체적 기능보다도) 사회적 기능 때문이었다. 만성적인 통증이 있다는 게 어떤 일인지 알리려면 환자가 '나는 아프다'라고 쓰인 팻말을 항상 들고 다녀야 할 거라고 생각하곤 했다. 때로 배경으로 물러나고 때로 전경을 차지하지만 어쨌든 **항상** 있는 것, 그게 만성 통증이 존재하는 방식이기 때문이다. 하지만 데이비드 모리스의 또다른 사려 깊은 관찰은 늘 팻말을 들고 다닌다는, 이미 하기 쉽지 않아 보이는 그 일을 환자가 실제로 할 수 없다는 걸 보여준다.

> 만성 통증이 있는 많은 환자들은 그들의 괴로움 호소가 가족, 친구, 또 의사들까지도 그저 지치게 하고 마침내는 열받게까지 한다는 것을 재빨리 배운다. 침묵은 아무도 보거나 증명할 수 없는 통증에 대한 흔한 반응이 된다.

급성 통증이 울부짖게 한다면 만성 통증은 이와 같은 관계의 역학을 거쳐 침묵하게 한다. 이 침묵은 언어의 한계 때문이 아니라 인간관계의 한계 때문이고(앞에 적은 일화에서 당시 나는 언니에게 이미 너무 많이 의존하고 있었기에 신세타령까지 할 수는 없었다), 의료 서비스의 한계, 자존감의 한계 때문이다. 팻말을 항상 들고 있을 수는 없다. 그랬다가는 곁에 남을 사람이 없을 것이다. 아니, 그보다 먼저 인정과 관심을 구걸하는 자신의 비굴함과 비참함을 견딜 수 없을 것이다. 그리하여 환자들은 점점 말하지 않는 법을 익힌다. 수면 아래의 삶을 혼자 견디는 데 적응한다. 어떤 검사 결과나 수치로 표지되지 않는 병의 경과와 영향을 많은 부분 조용히 겪어간다.

하지만 이 조용한 표면 아래에서 벌어지는 일은 전혀 조용하지 않다. 나는 이렇게 말하겠다. 그건 전적全的이고 폭력적인 과정이라고. '전적'인 이유는 변화가 일어나지 않는 구석이 없기 때문이고, '폭력적'인 이유는 내 의지와는 상관없이 부정성을 경험하기 때문이다.

나는 몸으로만 존재하며 몸으로만 살 수 있으므로 몸의 제한은 모든 것의 제한으로 나타난다. 내가 하고픈 활동, 바깥 세계와의 상호작용을 이제는 몸이 가로막고 있다. 내 세계는 작아진다. 갈 수 없고 가지 않는 곳이 늘어난다. 일상도 쪼그라든다. 할 수 없는 일이 늘어나는 한편 몸을 돌보고 '모시는' 일이 주요 일과가 된다. 사람들과의 접촉과 연결도 어려워진다. 연구 모임을 그만두며, 가족 모임에 빠지며, 놀러 오라는 친구의 제안을 거절하며 내가 늘어놓은 사과와 변명은 결국 이런 말이다. **죄송하지만 제 몸이 못하시겠다고 하네요, 당분간 누워 있으시겠다고 하네요, 그 시간엔 주무셔야 한대요.** 나는 더이상 내 의지와 욕망과 계획에 따라 움직이던 예전의 그 사람이 아니라 몸의 의지를 따라야 하는 존재다. 바깥 세계와 내 몸 사이에 서서 몸의 요구를 통역하고 대리하고 대독代讀하는 존재다. 자신을 걸어 다니는 시체로 느낀다는 통증 환자의 말을 이런 맥락에서 이해할 수 있다. 내가 '나'라기보다는 내 것이 아닌 뜻에 끌려다니는 껍데기로 느껴지기 때문이다.

몸이 더는 내 의지를 실현하는 매개가 아니라 장애물이 됨으로써 내게서 사라진 것들. 이전의 일상, 직업, 오락, 인생 전망, 인간관계…… (아, 이 밋밋하게 포괄적인 단어들이 밋밋하게만 보여주는 병자의 곤경이여. 다시 말해보자.) 내가 하는 일은 누워서 드라마를 보는 것이다. 전엔 논문 PDF 파일을 읽는 게 취미였지만 이젠 '읽기' 자체가 힘들다. 나는 원하던 직장을 얻고도 가지 못했다. 앞으로 뭐하고 살지도 모르겠다. 친구들과 접점이 없어진다. 나는 사랑하는 사람을 다시 만나지 못했다. 같이 일했던 동료들과는 크리스마스 즈음에 한 번씩 안부 메일을 교환할 뿐이다. 상실의 목록은 끝이 없을 것이나 그 모두를 망라하는 근본적인 상실을 간단히 적을 수도 있다. 내가 살던 세계, 나를 이루던 것들이 사라진다고 말이다. 다발성 경화증 환자인 철학자 케이 툼스의 현상학적 관찰은 만성 통증을 비롯한 다른 여러 만성질환에도 해당될 것이다. "이 병은 목숨을 위협하진 않지만 세계를 그 근본부터 위협한다."

통증으로 인한 환자의 물리적 세계와 사회적 세계의 변화에 관해서는 비교적 쉽게 서술할 수 있는 반면, 설명하기 좀더 어려운 또다른 변화는 나를 둘러싼 세계에 대한 느낌과 나의 감정적인 세계의 변화다. 아마 주관적인 경험 중에서도 가장 주관적인 경험이기 때문일 것이다.

가장 아팠을 때, 다른 삶이 출현하기에는 이르고 지난 삶의 상실만이 있던 그때 나는 당연히 고통스러웠다. 그리고 고통 속에 있다는 건 단순히 몇 가지 원인에 대해 부정적인 감정을 느끼는 게 아니었다. 고통이 통증 자체에서 오는지, 통증에 관한 암울한 생각('이렇게 아프면서 어떻게 계속 살지')에서 오는지, 통증 때문에 겪은 상실(가령 직업 상실)에서 오는지는 구분할 수 있는 게 아니었다. 그보다 고통을 겪는다in pain는 건 모든 것이 고통스럽다고 느끼는 일, 내 안과 밖 모두가 내게 고통을 주는 것으로 동질화되는 일, 말 그대로 고통 속에 있는in pain 일이었다. 떠올리고 마주쳤을 때 아프지 않은 게 없었다.

전부 같은 색깔이었다.

고통을 겪는다는 게 장소로 경험되는 건, 즉 내가 전과 다른 장소에 있는 일로 경험되는 건 아마 고통이 그렇게 총체적이기 때문일 것이다. 세계 전체가 낯설게 변한다. 바깥세상에 대한 느낌이 바뀌고 내면의 풍경이 바뀐다. 전에는 나도 일원이었던, 바쁘게 자기 일을 해나가는 보통 사람들의 세상은 멀다. 그곳은 멀리서 들려오는 소음, 내게 거의 무의미한 소음이다. 다른 이들과 함께하는 세계는 희미해지는 한편 또렷한 건 나만의 현실이다. 나 외에 아무도 모르는 현실이다. 드라마 〈X파일〉을 노트북에 틀어놓고 자다 깨다 하며 누워 있던 그때 나는 분명 전과 똑같은 세상에 있었지만 사실 거기 없었다. 내가 사막, 절벽, 황무지 등의 이름으로 부르던 곳, 기괴할 정도로 고요하고 외로운 장소, 나는 여기 있었다. 다른 시공간에 있다는 느낌이 너무도 생생해서 망상을 의심하기도 했다. 고통을 겪는다는 건 그처럼 이격離隔이고 이주였다.

나중에 중병을 겪은 사람들이 쓴 글을 읽으며 이들의 이야기에 거의 항상 이계異系의 은유가 등장한다는 걸 발견했다. 그들은 자신이 어떤 장소에 다녀왔다거나 거기 있다고 말했다.

"고통의 영토" "아픈 사람들의 영토" "미지의 영토" "황무지와 사막" "벼랑" "깊은 물" "우물" "심연" "깊은 틈새" "깊은 골" "지독히 어둡고 깊은 곳" "죽음의 그림자가 드리워진 계곡" "보이지 않는 지하세계" "무인 지대", 또 '고통 전시회' 환자-작가들의 작품 설명에 나오는 "감옥" "지옥" "사막" "암흑" "동굴" "어두운 물웅덩이" "어두운 구멍" "춥고 황량한 땅"…… 단절과 거리감 역시 드물지 않게 언급됐다. "세상을 향해 나 있는 내 창에 안개가 끼기 시작했다. 커튼이 내려졌다." "바다 멀리 나온 배 위에서 바라보는 해안처럼 삶의 풍경 전체가 아스라해[진다]." 이주자들은 나 말고도 많았던 것이다. 이제 나는 그러한 이주가 한때 의심했듯 망상이 아니라고 생각한다. 환자들이 사용하는 은유 역시 몸 경험에서 분리된 문학적 수사가 아니라고 생각한다. 은유는 우리가 세계를 지각하는 데 틀을 부여하는 것이며 경험을 인식하는 방식이다. 저 공간적 은유들은 심각한 신체적·정신적 고통 속에 있는 사람이 몸으로 느끼는 변화를 표현한다. 체화된 세계를 위협받는 이의 실제 감각을 표현한다. 중대한 이상을 겪는 몸이 사는 다른 세계를 표현한다(그렇다면 통증 환자의 팻말엔 '나는 아프다'가 아니라 '나는 여기 없다'라는 말이 적혀 있어야 할 것이다).

타인들의 현실과 분리되어 나만의 현실 속에 있다는 느낌은 사실 드문 경험이 아니지 않은가. 인생의 힘든 순간에 누구나 경험한다. 나는 암흑 속에 있는 것 같지만 바깥세상은 아무렇지 않게 돌아가고 있다는 느낌을 말이다. 내 속은 무너져내리고 있지만 그걸 아는 사람이 없고, 내 안에서는 스펙터클한 일이 벌어지고 있지만 외부엔 아무런 흔적이 없다. 외롭고 부조리하다는 감정이 들며, 멀쩡해 보이는 세상과 사람들의 모습은 때로 분노를 일으키기까지 한다. 우울증 환자의 자살률이 봄에 높은 이유는 다음과 같은 말로 설명되곤 한다. '일조량이 늘어나며 충동적 행동을 유발하게 해서' '겨울에 심하던 우울증이 봄이 되어 누그러지며 죽을 기운이 생겨서'. 하지만 이렇게도 말할 수 있을 것이다. 봄볕의 부드러움, 바람이 품은 온기, 연두빛 싹들의 생기로 가득한 세상과 자신의 내면이 극명하게 달라서라고. 고통받는다는 것을 이처럼 주관적 세계와 객관적 세계의 간극이라는 관점에서 정의할 수 있을지도 모른다. 그리고 그 간극 자체가 고통을 가져온다.

통증 환자를 비롯해 아픈 채로 살아야 하는 여러 만성질환

환자에겐 그런 간극이 없는 양 평범하게 행동해야 한다는 것도 괴로움을 더한다. "이분된 영혼. (…) 우리가 사람들에게 보여 주는, 사회적으로 바람직한 얼굴, 그리고 미소 뒤 내부에서 벌어지고 있는 사적인 끔찍함." "이 가면은 세계를 향해 내가 쓰고 있어야 하는 행복한 얼굴이다. 어둠은 정신적으로 내가 있는 장소다. 저 밝은 빛은 내게 고통스럽다. 하지만 사람들 앞에서 내 이미지를 위해 그 빛을 견뎌야만 한다." '고통 전시회' 웹사이트의 '하지만 너 괜찮아 보이는데But You Look So Normal' 갤러리에 올라와 있는 작품들이 증언하는 건, 상반된 두 현실 사이에서 자아의 찢어짐을 겪어야 한다는 추가적인 고통, 다르게 말하자면 '목숨을 위협하진 않지만 세계를 위협하는' 병을 가지고 사는 이들이 감당해야 하는 고통이다. '고통 전시회'에 작품을 올리는 이들 중 암 환자가 없는 이유는 암 환자가 덜 아프고 덜 힘들어서가 물론 아닐 것이다. 암에는 물리적인 실체가 있고, 그 위험과 고통을 다른 사람들도 비교적 잘 알고 있으며, 암을 가진 채 조용히 일상을 사는 것, 다시 말해 벌어진 두 세계 사이에서 그런 벌어짐이 없는 척하며 사는 것이 암 환자의 과제는 아니기 때문이다.

이제 앞서 던진 질문으로 다시 돌아가보자. 통증 환자의 경험에서 보이지 않는 것, 사람들이 모르는 것, 소통하기 어려운 것, 그럼에도 그토록 전하고 싶은 건 무엇인가? 이렇게 답할 수 있다. 통증 자체, 전적이고 폭력적인 변화, 자아와 세계의 상실, 나만의 현실에 산다는 외로움, 너무도 다른 두 세계 사이에서 살아가야 한다는 부조리. 그림을 그리는 통증 환자들이 그리고 싶어한 건 이렇듯 환자의 몸과 정신 안에서 벌어지는 일과 과정들이었다. 지속되는 통증 안에서 산다는 것의 감춰진 세계였다. 보이지 않는 고통이었으며 고통의 보이지 않음이었다.

나는 소통이 안 된다는 나 자신과 다른 환자들의 절망을 시간이 지나서야 납득한다. 한 사람에게만 일어날망정 **우주적인** 변화를 어떻게 전부 나열하고 설명하겠는가. 병으로 인한 제한과 상실의 세세하고 끝없는 항목을 어떻게 다 읊겠는가. 세계를 잃어간다는 것을, 내가 예전의 그 사람이 아니며 여기 없는 사람임을 어떻게 이해시키겠는가. 고통받는 사람은 흔히 하소연한다. 말할 수 없는 고통, 아무도 모르는 고통, 사람들이 상상 못 할 고통, 가슴을 열어 보여주고 싶은 고통, 책 몇 권을 쓸 수 있을 고통, 아무리 말해도 끝이 없는 고통이라고. 모두가 베케트가 될 수 있는 건 아니기에 사람들은 대개 진부한 말로 한탄한다. 하지만 이 진부한 말들은 고통에 관한 모든 진실을 담고 있다.

그리하여 나는 고통받는 사람의 '완전히 전하고 이해받고 싶다'는 마음이 불가능한 바람이고 욕심이라고 생각하게 됐다. 그 마음을 따라가다간 새뮤얼 테일러 콜리지의 서사시에 나오는, 재앙의 항해를 한 그 뱃사람처럼 지나가는 사람을 붙들고 자기 사연을 읊고 또 읊으며 살아가게 될 것이다. 하지만 한편으로, 다른 이들과 함께하는 세계가 완전히 사라진다는 건 죽음과 동일한 일이기에 고통받는 사람에게 표현하고자 하는 충동은 생존의 충동이며 갈증처럼 되돌아올 수밖에 없다. 표현한다는 건 내 고통이 바깥 세계에도 있게 함으로써 나의 지반을 회복하는 일이다. 공유할 수 있는 고통의 형상을 만듦으로써 안과 밖, 두 세계의 격차를 줄이는 일이다. 내가 그림을 그리는 것만으로 고통이 줄어든다고 느꼈던 건, 환자들이 환자-작가가 되는 건 바로 그런 까닭일 것이다. 같은 이유로 내 고통을 (완전히는 아닐지라도) 아는 사람의 존재는 중요하다. 그 일부나마 알아주는 사람이 있다면 나만의 현실은 더는 나만의 것이 아니기 때문이다. 내 고통을 알아달라는 말은 이런 뜻이다. **내가 이 현실에 완전히 삼켜지지 않게 해줘. 내가 사라지지 않게 해줘.** 사람들이 고난의 때에 신을 찾는 이유—'주님만은 알고 계시기' 때문에. 알고 있는 신이 있다면 나는 살아 있을 수 있다.

✧

고통을 그리려는 서툰 시도로 채워진 시간이 지나고 나는 다른 통증 환자들의 그림을 봤으며, 고통의 형상이 나타난 다른 예술작품들도 봤다. 1800년대 초 폭동과 살인과 식인으로 얼룩진 최악의 난파 사건을 그린 테오도르 제리코의 〈메두사호의 뗏목〉, 제리코가 이 작품을 준비하던 시기에 고통받는 사람의 모습을 그린 데생들, 내장을 가르는 통증의 느낌과 본인의 지병이자 사인死因이었던 위궤양의 느낌까지 전하는 카임 수틴의 〈도살된 소〉 연작, 아폴론과의 음악 대결에서 패배한 후 칼로 살가죽을 벗겨내는 형벌을 받고 "몸 전체가 하나의 상처가 되었다"던 마르시아스의 신화를 담은 작품들…… 오랫동안 내 방 벽 한쪽을 차지했던 이 그림들은 내가 함께 살았던 그림들이다. 그러나 그 모든 그림 중 고통을 가장 잘 표현한 작품을 꼽으라고 한다면 나는 바로 이 그림, 피도 칼도 상처도 등장하지 않는 이 그림을 고르겠다.

얼핏 보기엔 평화로운 어촌 마을의 일상을 그린 풍경화로 보인다. 농부는 밭을 갈고 양치기는 양을 몰고 낚시꾼은 낚시를 하고 배는 바다 위를 떠간다. 제목을 보고 나서야 그림이 무엇에 관한 것인지 알 수 있다. 〈추락하는 이카로스가 있는 풍경〉. 화면 오른쪽 물 아래로 사라져가는 두 다리가 이카로스다. 또 양치기의 시선이 어디를 향하는지도 알게 된다. 양치기는 아직 하늘을 날고 있는 이카로스의 아버지 다이달로스를 보고 있다.

처음 이 그림을 봤을 때 '천재다!'라며 감탄했다. 내 오랜 관심이 '보이지 않는 내부의 것을 어떻게 그리지'에 있었다면, 피터르 브뤼헐은 내면의 암흑이나 지옥을 그리는 대신 시점을 밖으로 빼내 전환함으로써 고통받는 사람의 내부에서 일어나는 일을 오히려 정확히 그려내기 때문이다. 태양 가까이 날았던 드문 환희와 영광의 기억을 포함해 모든 것이 사라지는 순간, 한 세계가 사라지는 그 순간은 화면 한구석 사라져가는, 거

피터르 브뤼헐, 〈추락하는 이카로스가 있는 풍경〉, 캔버스에 유채, 16세기경

의 우스꽝스럽게 보이는 작고 가냘픈 두 다리로 나타날 뿐이다. 너무도 사소하고, 하찮고, 혼자다. 이와 대조적으로 화면 전체를 차지하고 있는 것은 변함없이 일상적인 세계의 풍경이다. 이 격차가 고통임을 브뤼헐은 알고 있었다.

"고통을 이해하는 데 있어 옛 거장들은 언제나 옳았다." 시인 W. H. 오든이 벨기에 왕립미술관에서 〈추락하는 이카로스가 있는 풍경〉을 보고 난 후 쓴 시의 첫 행이다. 시인도 나처럼 감탄했던 것이리라. 내면의 절벽을 표현하기 위해 너무나 말 그대로 절벽을 그리던 나와는 달리 브뤼헐은 거장이었으며, 이 거장의 작품은 위대한 예술이 할 수 있는 일을 한다. **마치 화살처럼 대상의 내적 본성으로 파고들어 그 근원적 의미를 전달**하는 것이다. 위대한 예술은 어쩌면 아담의 언어가 할 수 있었던 일을 하는지도 모르겠다.

오든의 시는 이어진다.

> 예를 들어 브뤼헐의 〈이카로스〉를 보자. 어떻게 모든 것이
> 그처럼 유유하게 재난을 외면하고 있는지를. 농부는
> 아마 그 첨벙 소리, 그 고독한 외침을 들었으련만
> 그에게 그 소리는 중대한 실패가 아니었고, 태양은
> 푸른 물 안으로 사라지는 하얀 두 다리에 예사롭게
> 내려 비추었으며, 값비싸고 우아한 배는
> 무언가 놀라운 것을, 하늘에서 떨어지는 한 소년을 보았으련만
> 어딘가 갈 곳이 있어 조용히 항해를 계속했던 것이다.

농부는 밭을 간다. 양치기는 양을 친다. 낚시꾼은 낚시를 한다. 배는 항해한다. 밀랍을 녹인 태양도, 소년을 삼킨 바다도

늘 그랬던 것처럼 거기 그렇게 있다. 모든 것이 무너져도 아무 것도 무너지지 않는다.

병자의
성공적인 인간관계를
위하여

나는 마주치는 모든 슬픔을

눈을 가늘게 뜨고 잰다.

그것이 내 슬픔만큼 무거운지,

혹은 더 다루기 쉬운 크기인지 궁금해한다.

_ 에밀리 디킨슨, 「나는 마주치는 모든 슬픔을 잰다」

현재 맺고 있는 인간관계들을 정리하고 싶다면 병에 걸리길 추천한다. 힘들다는 토로에 사람들이 화제를 돌리는 다양한 기법에 대해 알게 될 것이다. 상대가 받지 않는 전화와 구걸하는 기분에 대해 알게 될 것이다. 때로는 매몰차게, 때로는 겸연쩍게 문을 닫으면서 내미는 말들에 대해서 알게 될 것이다. **너만 힘든 거 아냐. 나는 그런 얘기 하는 거 안 좋아해. 좀 의연하게 마주하는 게 어때. 왜 전화해서 울어?** 가장 예상치 못한 반응은 자신도 중병을 앓았고 그 경험을 감동적인 글로 쓴 적도 있는 친구에게서 왔다. 몇 번의 찜찜한 전화 통화 끝에 내가 해독해낸 그의 메시지는 이랬다. **네가 그렇게 특별한 일을 겪을 리 없어.** 나는 고통 이야기를 함으로써 관심과 애정을 받아본 사람의 마음이 어떻게 비뚤어질 수 있는지 몰랐다. 사람들이 남의 고통을 질투하기도 한다는 것을 몰랐다. 아니 들어는 봤지만 그 대상이 내가 될 수 있을 거라곤 상상도 못 했다. 내 기억 저장고에서 '상실' 칸이 아니라 '알고 싶지 않았던 음침한 마음들' 칸에 남은 일이다. 알고 싶지 않았던 것들을 알아가는 게 세상을 알고 인생을 알고 지혜로워지는 일이기만 할까. 그건 알게 됨으로써 나 역시 훼손되는 일이기도 하다. 이제 나는 고통스러운 경험을 글로 써서 발표하는 사람들을 자주 의심하며, 눈을 가늘게 뜨고 어디 음침한 구석이 없는지 살피는 음침한 사람이 됐다.

고통이 표현 불가능하며 공유 불가능하다는 주장에 관해

여러 찬동과 논박의 말이 있지만, 내 생각에 많은 경우 문제는 고통을 표현하는 언어와 재현의 한계가 아니라 **사람들이 듣기 싫어한다**는 것이다. 고통뿐 아니라 환희 같은 내적 상태 또한 언어화하기 어려우며 표현하기 위해 직유법을 동원해야 할 때가 많다. 우리는 몸이 '찢어지는 것처럼' '칼로 찌르는 듯이' '두드려 맞은 것같이' 아프다고 말하지만, 몸이 '부푸는 것처럼' '둥실 떠오르는 듯이' '녹아내리는 것같이' 기쁘다고도 표현하지 않는가. 다만 고통이 문제가 되는 이유는 그 자체로 충족된 상태인 환희와는 다르게 고통의 호소가 필요의 호소이기 때문에, 다시 말해 무언가를 요구하기 때문이다. 주목, 이해, 인정, 연민, 공감, 치료, 도움, 지원, 정의, 행동, 변화…… 고통 말하기는 듣는 이에게 요구한다. 고통을 호소하는 말을 듣는다는 것은 크든 작든 자신의 시간과 관심과 자원을 쏟길 요구받는 것이며, 남의 처지에 자신을 놓아보고 공감의 말 한마디를 건네는 일 같은 가장 사소한 연민에 드는 에너지조차 결코 적지 않다. 그리하여 남의 고통을 남의 집 불구경하듯 할 수 없을 때, 시혜적인 위치에서 동정해주며 도덕적 만족감에 뿌듯해하는 일 이상을 해야 할 때, 상대의 고통이 미심쩍거나 충분치 않다고 여겨질 때, 고통과 연민의 대차대조표를 그려보며 문득 억울한 마음이 들 때('내가 힘들 땐 별로 관심 못 받았는데') 사람들은 고통의 청자 자리에서 벗어나고 싶어한다. 화제 전환과 '나도 아프다'와 아픈 사람 비난과 고통의 사소화와 끊어버리는 전화들은 벗어나는 방법들이다.

시인 앤 보이어가 유방암 투병을 하는 동안 어떤 친구들은 관계에서 탈출 버튼을 누르며 이런 말을 남겼다. "너무 곤란하다." "감당 못 하겠다." 어려울 때 짐을 나누어 짐으로써 인간이 생존할 수 있다는 당위와 일반론이 내가 짐을 나누어 져야 하는 구체적인 현실이 되면 자기 연민이 타인 연민을 압도하기도 한다. '네가 암에 걸려서 **내가** 힘들다'는 것이다. 연민의 조건도 까다로워진다. 이제 사람들은 아픈 이가 자기 기준과 취향에 맞는 모습으로 아프길 바란다. 다시 앤 보이어의 말. "[우리는 전보다] 더 낫고 더 강하면서도 동시에 가슴이 아려올 정도로 악화한 상태이기도 해야 한다. 우리는 불행은 혼자 간직하고 용기는 만인에게 기부해야 한다." 사람들이 아픈 사람에게 기대하는 바는 어쩌면 다음과 같은 것인지도 모른다. 내가 마음을 써줄 가치가 있을 만큼 심각하게 아프되 이성적인 모습을 보이며 평정심을 유지하고 병을 농담거리로 삼을 만큼 여유 있는 자세를 취하면서 한탄과 한숨은 안으로만 삼키고 안 들리게 울고 무소의 뿔처럼 혼자서 가라. 그러나 고무적인 이야기와 깨달음은 내게 다오.

상대적으로 단기간에 커다란 자원과 관심이 집중되어야 하는 암 환자의 경우와는 달리 만성적으로 아픈 사람의 친구들은 병자와 서서히 멀어지는 것 같다. 새 소식은 아프다는 소식뿐, 얼굴 한 번 보는 것도 여의치 않은 친구는 친구로 남기 어렵다. 점점 연락이 뜸해지는 게 아프다는 상황 때문인지 시간이 흐르며 각자의 인생 행로가 시나브로 갈라졌기 때문인지조차 알 수 없다. **긴 병에 효자 없다.** 가끔 마음이 어두워지는 날이면 드는 생각이다. 효자도 없고 친구도 없고 때로는 언니도 없고 엄마도 없다.

하지만 나는 아픈 사람의 자기중심성에 대해서도 잘 알고 있다. 병자의 관심은 **자신의** 병, **자신의** 몸, **자신의** 통증, **자신의** 증상, **자신의** 약, **자신의** 치료, **자신의** 상실, **자신의** 절망, **자신의** 걱정, **자신의** 외로움에 쏠려 있다. 다른 사람들도 이런저런 어려움과 씨름하며 일상을 살아가고 있다는 당연한 사실이 눈에 들어오지 않는다. 눈앞의 사람이 고통받고 있을지도 모른다는 가능성을 가장 생각하지 않는 이들이 병자다. 자기 몸 안의 비극에 정신을 빼앗긴 그에게는 외부로 쏟을 관심도 에너지도 없다. **자신이 세상에서 제일 힘들다는 걸 모두가 알아주길 원하지만, 이런 일은 잘 일어나지 않기 때문에 그는 거의 모든 관계와 조우에서 상처받고 분노에 찬다.**

병자는 열린 상처다. 그를 건드려보라. 우는 소리와 불평이 쏟아질 것이다. 병자와의 대화는 지뢰밭 걷기다. 그는 촘촘한 비난의 체를 흔들며 당신이 사용한 단어 하나하나를, 때로는 관계 자체를 걸러낼 것이다. 이제 오래전 일 하나. 나는 영화 〈트와일라잇〉 시리즈 때문에 친구와 절교한 적이 있다. 주인공 벨라가 뱀파이어 남자친구와 헤어진 후 밤마다 잠에서 비명을 지르며 깨어나는 장면이 있는데, 당시 새벽 세시마다 악몽과 위통 때문에 깨던 내가 그 장면에서 벨라를 따라 울었다는 말에 친구가 코웃음을 쳤기 때문이다. 좀 어이없다는 걸 울던 나도 모르지 않았단 말이다…… 병자의 마음이란 얼마나 쉽게 찌그러지는 것인가. 건강해야 착하기도 쉽다.

나는 또한 아픈 사람의 하소연이 비슷한 내용으로 영원히 계속되는 경향에 대해서도 잘 알고 있다. 이건 그 사람의 취미가 넋두리라서가 아니라 고통의 속성, 상처의 속성 때문이다. 말할 수 없는 고통은 말하게 하며, 애초에 완전히 말로 다 할 수 없기 때문에 반복해서 말하게 한다. 고장난 턴테이블처럼 바늘은 마음에 파인 같은 홈만을 긁고 또 긁으며 같은 가락을 재생한다.

새뮤얼 테일러 콜리지의 『늙은 뱃사람의 노래』의 주인공은 항해 길에 올랐다가 자기 잘못으로 저주를 받아 조카를 포함하여 동료 선원들이 모두 죽은 후 홀로 먼 바다를 떠돌며 믿을 수 없는 일들을 겪다가 구사일생으로 생환한다. 이후 그의 삶은 이야기를 하고 싶고 해야 한다는 충동에 지배당하며, 자기 이야기를 들어줄 사람을 찾아 떠돌아다니며 산다. 시 첫 부분에서 이 늙은 뱃사람이 청자로 점찍은 사람은 결혼식 잔치에 가는 길이던 하객인데, 노인이 그를 붙들고 제일 먼저 꺼내는 말이 무엇인 줄 아는가? '실례합니다'라든지 '잠시 이야기 좀 나눌 수 있을까요'처럼 낯선 사람에게 말을 걸 때 예의를 차리는 말이 아니었다. 하객의 팔을 붙잡고 그가 내민 첫마디는 이것이었다.

"배 한 척이 있었지요."

배 한 척이 있었지요. 이 다급한 발화가 나는 늘 마음 아프다. 당장 자기 이야기를 꺼내놓지 않으면 그는 가슴이 터질 것 같은 것이다. 그러나 상대에게 이런 절박함은 대낮 길거리에서 마주친 누군가의 벗은 몸처럼 곤혹스럽다. 한 사람의 고통을 알게 되는 일에는 그의 드러난 내부를 보는 일과도 같은 친밀성의 요소가 존재한다. 뜻밖의 고통 고백을 들을 때 원치 않은 관계 안으로 초대받은 기분, 침범당한 기분을 느끼기도 하는 이유다. 뱃사람이 막무가내로 이야기를 쏟아내기 시작했을 때 하객도 그렇게 느꼈을 것이다. "이거 놔요! 손 놓으라고요, 수염이 허연 미치광이야!" 당연히도 하객은 소리친다. 그는 이 괴상한 이의 초대를 거절하고 원래 계획대로 파티에 가고 싶다. 누군들 안 그러겠는가.

자신에게 몰두해 있는 이들이 내보이는 일종의 열정과 그 앞에서 느끼게 되는 당혹감을 막 연애를 시작한 친구와 같이 있을 때 경험해본 적 있을 것이다. 사랑에 빠진 그의 화제는 온통 '우리'의 내밀한 드라마다. 우리의 만남, 우리의 인연, 우리의 다툼, 우리의 화해, 우리의 언약, 우리의 역사…… 병자도 비슷할 때가 많아서, '병과 나'의 관계에 열중하고 있는 그는 입만 열면 '우리'에 관한 몹시도 사적인 이야기를 쏟아낸다. **나 어떠냐고? 4월이면 좀 나아졌다가 9월이 되어 찬바람이 불면 한두 달 누워 있고 11월이 되고 밤이 길어지면 아프고 계속 아픈 긴긴 겨울의 시작이야. 배란기에 아프고 월경 기간에 아프고 보름달이 뜨면 악몽을 꾸고 오후 다섯시 이후로 음식을 먹으면 잠을 못 자고 오후 여섯시 이후로 심각한 대화를 하면 잠을 못 자고 한 달에 반을 누워 있고 나머지 날들도 하루의 반을 누워 있어. 아, 너 직장 옮겼다고? 근데 나 이번에 바꾼 약엔 변비가 생기더라고.** 사람들이 질리는 것도 무리가 아니다.

바쁜 사람에게 전화해 밑도 끝도 없는 절망의 말로 당황하게 만드는 이, 평온할 수 있었던 남의 하루를 죽음이나 고통 같은 터무니없이 무거운 주제로 들쑤셔놓는 이, 최근의 몸 상태와 새로 시작한 약물 부작용을 열거하는 한탄으로 상대를 지루하게 하고 아픈 사람의 한탄에 지루해했다는 사실에 다시 죄책감까지 안겨주는 이, 정신 나간 이, 눈치 없는 이, 자기밖에 안 보이는 이, 불쑥 나타나 소매를 붙드는 이, 지긋지긋한 병자. 하지만 이런 병자에게도 당연히 평범한 욕망이 있으며 그래서 애쓴다는 사실 또한 짚어야 공평할 것이다. 좋은 사람이고 싶다, 사랑받고 싶다, 남들에게 필요한 사람이고 싶다, 재밌는 친구이고 싶다…… 그저 보통의 마음. 그리하여 병이 길어질수록 병자는 발화를 조절한다. 이번에 내 얘기는 절대 하지 말자, 이 친구에겐 너무 자주 말했나, 이번엔 저 친구에게 전화하자. 그럼에도 이따금씩 고통이 입 밖으로 새어나오고, 병자는 자신이 어쩌다가 한 번 아픈 얘기를 했다고 생각하지만 주변 사람들은 병자가 입만 열면 아픈 얘기를 한다고 생각한다. 다른 두 현실에 사는 이들 사이에 벌어지는 비극이다.

여기 만성적으로 아픈 사람에게 보내는 충고가 있다. 병자로 살면서 자존심을 지키고 연민을 충전하며 어쩌면 사랑받기까지 할 수 있는 방법, 다년간의 경험을 통해 배웠으나 나 자신도 아직 통달하지 못한 기술이다.

만성적으로 침묵하라. 남들이 내 고통에 주목해주길 원하지 말라. 지나가는 사람의 소매를 붙들고 싶은 마음을 억누르라. 일기장에만 써라. 숨겨라. 혼자 앓고 안 들리게 울어라. 의연히 견디며 고통을 통해 성장하고 무소의 뿔처럼 혼자서 가라. 남들에겐 고무적인 이야기와 깨달음만 주라. 내 몸만이 앓는 아픔과 온전히 내 몫인 외로움과 홀로 마주해야 하는 검은 밤, 이것이 병자로 사는 현실임을 완전히, 재빠르게 받아들이길. 그러면 사람들이 이따금씩 보여주는 친절이 성모 마리아의 현현을 목격하는 듯한 기적으로 느껴질 것이며 지극한 감사와 찬미의 마음이 샘처럼 솟구쳐 흐를 것이다. 무엇보다 브뤼헐의 이카로스를 잊지 말길. 농부는 밭을 갈아야 하고 양치기는 양을 쳐야 하고 낚시꾼은 낚시를 해야 하고 배는 항해해야 한다.

모든 것이 무너져도 아무것도 무너지지 않는다.

파이의 이야기

[뱃사람의 이야기를 들은] 하객은 어리벙벙하고
얼이 빠져 돌아갔다.
한결 진지하고 현명한 사람이 되어
다음날 아침 그는 자리에서 일어났다.

_새뮤얼 테일러 콜리지, 『늙은 뱃사람의 노래』 마지막 연

구명보트를 타고 227일을 태평양에서 홀로 표류하다가 살아남은 소년의 소문은 그가 구조된 멕시코 연안의 작은 어촌 마을 바깥으로도 퍼졌다. 가까운 도시의 병원으로 옮겨진 소년

에게 기자들이 찾아오고, 탈수와 영양실조와 화상에서 빠르게 회복하고 있던 소년은 자신이 겪은 일을 말했다. 인도에서 동물원을 운영하던 가족이 캐나다로 이주하기 위해 동물들과 함께 화물선에 올랐는데 어느 밤 태풍이 몰아쳐 아버지와 형은 배와 함께 바닷속으로 잠겼으며 자신과 어머니는 간신히 구명보트에 올랐지만 보트에 함께 탄 요리사와 선원까지 모두 네 명의 생존자들 사이에 분란과 살인이 발생했고 자신만 살아남아 바다 위를 오래 떠다녔다고.

다음날 소년은 신문 기사를 읽는다.

"16세 소년이 겪은 참극. 온 가족을 잃고 227일 동안 표류하다가 기적적으로 생존" "보트 위의 충격 살육극" "사망자의 인육을 미끼로 낚시" "'상어들이 어머니를 물어뜯는 걸 봐야 했습니다' 소년은 흐느끼며 말했다" "'요리사가 나까지 악마로 만들어……'" "비스킷과 잡은 생선으로 연명" "어린 소년이 보여준 불굴의 의지와 생존력" "감동의 드라마" "우리 시대에 보기 드문 용기와 희망의 이야기" "소년이 받을 보험금은 15억 원 이상이 될 것으로 추정".

퇴원한 소년은 치료비를 후원한 지역 유지들의 성화로 강연회를 갖는다. 소년은 기자들에게 했던 이야기를 되풀이한다. 모여든 수백 명의 청중은 안타까워하고 경악하고 눈물짓는다. 소년의 이야기가 끝나자 얼굴을 훔치고 일어나 환호하며 손바닥이 아프도록 박수를 친다. 강당 밖으로 나온 사람들이 깊게 들이마시는 밤공기는 그 어느 때보다 상쾌하다. 집으로 돌아가는 길에 이들은 생각한다.

나는 얼마나 운 좋은 사람인가, 내가 가진 것들이 얼마나 소중한가, 감사하며 살아야겠다.

이제 혼자 남은 소년은 자신이 내놓은 말들을 곱씹어보고는 중얼거린다.

이건 내가 하고 싶은 이야기가 아니었어.

가족을 전부 잃고 227일을 태평양에서 홀로 표류하다가 살아남은 소년의 이야기는 훌륭한 '콘텐츠'가 될 가능성을 전부 품고 있었다. 흥미진진한 이야기의 재료가 거기 다 있었다. 사람들이 거기서 듣고 싶어하는 이야기가 있었다. 선박 침몰, 가족의 죽음, 악당 요리사, 인육 낚시, 다툼과 살인, 바다 위 수백 일의 극한 생존. 사람들은 얼마나 끔찍하고 무시무시한 일들이 있었는지를 자세히 듣고 싶어했을 것이다. 이 불운한 소년이 어떻게 갖가지 어려움을 헤쳐나갔는지 그 과정을 지켜보는 짜릿함을 맛보고 싶어했을 것이며, 마침내 소년이 육지에 도착했을 때 서사가 주는 안도감을 즐기고 싶어했을 것이다. 소년은 안전한 거리에서 재난을 구경하고자 하는 사람들의 미처 감출 수 없는 흥분을, 이야기의 가장 참혹한 부분을 향하는 은근하지만 집요한 호기심을 감지했을 것이다. 자신이 겪은 일이 혹독할수록 그들이 이야기에서 얻는 즐거움이 더 커지며, 자신이 고통과 비참을 말할 때 그들이 내심 '내가 재가 아니라 다행이야'라고 안심한다는 걸 눈치챘을 것이다. 자신의 고통 이야기 끝에서 얻을 카타르시스를 고대하고 감동을 고대하고 정신과 영혼의 고양을 고대하는 사람들의 열기 띤 눈빛을 마주했을 것이다. 자신에게 악수를 청하며 '정말 대단하세요'라는 말을 던진 후 강당 밖으로 나가 밤공기를 들이마시는 사람들의 얼굴에

번지는 만족감을 보았을 것이다. 자신의 이야기가 그들의 현재와 일상을 감사할 만한 것이자 거의 달콤한 것으로 만들었음을 깨달았을 것이다. 사람들의 열광에 겸연쩍어했던 소년은 곧 그 열광이 수상쩍다고 생각하며 나중엔 끔찍하다고 여긴다.

고통을 겪은 사람이 고통스러웠던 일을 이야기하는 이유는 결국 다음을 말하기 위해서다.

나는 고통을 겪었다. 그 경험엔 중요한 무언가가 있다. 나는 당신도 그것을 보길 원한다.

그 '중요한 무언가'를 '진실'이라고 칭할 수도 있을 것이다. 고통을 겪은 사람이 말하는 이유는 전하고 싶은 자신의 진실이 있기 때문이며, 그는 고통받은 자이자 진실의 담지자로서 말한다. 그러나 그 모든 환호와 박수와 칭송 속에서 소년이 감지한 건 자신의 의도와 반대의 일이 일어나고 있다는 것이었다. 나는 내 진실을 말하고 싶었다. 나의 삶 전체를 뒤흔든 무언가를 말하고 싶었다. 하지만 당신에게 나의 진실은 중요하지 않다. 나의 실제 삶도 중요하지 않다. 끔찍한 일을 겪고 생존한 소년이라는 사실만이 중요하다. 나는 불운, 운명의 우연한 희생자, 당신이 피하고 싶은 모든 것이며, 당신의 정상성을 공고히 해 주고 그 정상성에 감사하게 하는 타자다. 내 이야기는 당신에게 먼 곳의, 당신과 상관없는, 이국적인, 흥미진진한 이야기, 천일 밤을 살게 하는 『천일야화』라기보다는 『아라비안나이트』이며, 그렇기에 당신이 재미와 쾌락과 감동과 영감을 취할 수 있는 이야기다. 내 이야기는 당신을 건드리지 못했다. 당신은 전과 아무것도 달라지지 않았으며, 당신은 전과 아무것도 다르지 않은 이 현재에 감사한다. 내가 말할수록 우리 사이의 경계는 뚜렷해진다. 나는 당신들의 '우리' 밖으로 밀려난다. 고립의 경험을 말함으로써 오히려 고립을 다시 경험한다면, 그 일이 나에게만 일어난 일이 된다면, 이야기를 할수록 내가 희생자일 뿐이며 그렇게 무력해질 뿐이라면, 그렇다면, 그렇다면…… 소년은 중얼거리게 된다.

이건 내가 하고 싶은 이야기가 전혀 아니었어.

소년은 깨달았을 것이다. 인육 낚시와 살인과 조난의 이야기로는 '충격 실화'와 '인간 승리의 감동 드라마' 밖의 이야기를 하기가 어렵다. 장르가 나의 진실을 집어삼킨다. 나는 진실을 아는 사람, 인식의 주체가 될 수 없다. 내 이야기는 더이상 내 이야기가 아니다.

망망대해에서 자신을 구한 소년은 이제 자신을 무력하게 하고 고립시키는 이야기로부터 스스로를 다시 한번 구해야 한다. 하지만 어떻게?

영화 〈라이프 오브 파이〉(2012)의 초반부에는 소년이 '파이'라는 이름을 갖게 된 계기가 그려진다. 그의 원래 이름 '피신Piscine'이 오줌을 싼다는 뜻의 '피싱pissing'과 발음이 비슷해서 놀림 받자, 소년은 피신이라는 이름의 첫 두 글자를 택해 새 이름을 짓고 자신을 그 이름으로 소개한다. 파이Pi. 학교 아이들은 처음엔 받아들이지 않지만 소년이 원주율 파이의 소수점 아래 값을 수백 자리 암기하여 칠판에 적은 후엔 달라진다. 놀림 받던 소년 피신은 '학교의 전설 파이'가 되고, 그렇게 파이는 파이가 된다. 파이는 다시 이 방식 그대로 자신을 구한다. 오명을 무한이 담긴 이름으로 바꿨던 것처럼, 그는 자신을 훼

손하는 이야기를 신이 담긴 이야기로 바꿔낸다. 진실을 가리키지 못하는 사실을 서술하기보다는 진실을 말할 수 있는 허구를 짓는다. 파이에겐 다른 이야기를 찾는 또다른 긴 여정과 탐험이 있었을 것이다. 그는 자신의 언어와 서사에 자의식을 지닌 이가 되어갔을 것이다. 지금껏 존재해온 이야기들의 역사를 의식하고 독자를 의식하면서 이야기를 자아냈을 것이다.

'신을 믿게 해줄 이야기'를 듣기 위해 자신을 찾아온 소설가에게 파이는 두 가지 버전의 이야기를 들려준다. 첫번째 이야기는 어머니와 선원과 요리사가 나오는 이야기이고, 두번째 이야기는 이런 이야기였다.

물에 뜨는 바나나 더미를 붙잡고 떠내려온 슬픈 얼굴의 오랑우탄과 다쳐 죽어가는 얼룩말과 집요한 이빨의 하이에나들과 함께 보트 위에 올랐으나 그중 자신만 살아남았고, 날개 달린 물고기들이 우박처럼 또는 축복처럼 보트 위로 쏟아졌으며, 무풍대無風帶의 거울 같은 바다 표면 위로 하늘이 그대로 내려와 박혔고, 발광 플랑크톤이 빛나는 밤바다 수면 위로 혹등고래가 거대하게 뛰어올랐고, 자신에게 마지막으로 남은 것이라고 생각한 종이와 연필마저 폭풍우가 빼앗아 가버렸으며, 어느

지도에도 나와 있지 않은 떠다니는 섬, 목숨을 구해주지만 머물 수는 없는 섬, 옆으로 누운 비슈누 신의 형상과 닮은 그 섬에서 잠시 쉬었고, 단 한 번도 뒤돌아보지 않고 숲속으로 사라져버린 리처드 파커라는 이름의 벵갈호랑이와 그 내내 함께였다. 두번째 이야기에서 인육과 살인의 충격은 자연의 법칙(생존을 위해 동물들이 서로 죽인다는 중립적 사실)으로 대치된다. 작은 보트 위에서 호랑이와 싸우고 공존하는 서사는 살아남기 위한 고투뿐 아니라 파이 내면의 투쟁과 여정까지 아우른다. 파이에게는 인격과 개성과 역사가 부여된다. 파이는 어릴 때부터 찾던 것(신성)을 찾고야 만, 필연을 실현한 자다. 결말에는 안심, 승리, 보상이 아니라 나를 이끌어와준 소중한 것과의 가슴 아픈 이별이 있다.

"어떤 이야기가 더 맘에 드세요?"
"호랑이가 나오는 이야기요. 그게 더 좋은 이야기네요."
"고마워요. 그러니까 신이 함께하는 이야기로군요."

호랑이가 나오는 이야기가 '더 좋은' 이야기인 이유는 진실이 함께하는 이야기이기 때문이다. 콜리지의 늙은 뱃사람이 펼쳐놓는 이야기처럼 청자가 충격받고 상처 입게 하는 이야기("하객은 어리벙벙하고 얼이 빠져 돌아갔다."), 내가 본 것에 의해 당신도 변화하는 이야기("한결 진지하고 현명한 사람이 되어 다음 날 아침 그는 자리에서 일어났다."), 내가 목격한 '중요한 무언가'를 당신도 보게 하는 이야기, 당신과 나 사이의 경계를 무너뜨리는 이야기, 내가 내 이야기의 저자로 남을 수 있는 이야기이기 때문이다. 파이는 그 뱃사람처럼 비르투오소 이야기꾼이 됨으로써, 작가가 됨으로써, 이야기의 기술/예술을 통하여 자신을 한 번 더 구한다.

그래서, 파이의 진실은 무엇이었을까? 영화 원작 소설의 저자 얀 마텔은 이 작품을 쓰기 시작할 때 '이야기story'가 아니라 대문자로 시작하는 '**이야기Story**'를 쓰고 싶었다고 한다. 한글판 전자책 뒷부분에 실린 여러 사람의 추천사—정말 많은 추천사가 실려 있다—만 봐도 이 하나의 이야기가 얼마나 다양하게 해석될 수 있는지 알 수 있다(예를 들어 나는 이 소설이 '동물, 야생에 대해 깊게 고찰하게 하는 책'이라고는 생각해본 적이 없었다). 이 커다란 이야기, 이야기에 대한 이야기, 메타 이야기는 그렇게 수많은 이야기를 품고 있지만, 내게 와닿은 파이의 진실은 이것이었다.

여행을 했어. 너무나 무섭고 고통스러웠지만 또한 그 바다 위에 혼자 있었기에 아름답고 놀라운 것들을 볼 수 있었어. 아무리 불러도 신은 대답하지 않아. 하지만 내가 모든 것을 포기했을 때 거기 신이 있더라. 도저히 함께 살 수 없는 것이 그 내내 나를 이끌어왔어. 나는 그것과 함께 사는 법을 배웠어. 나는 평생 목마르게 찾던 것을 찾았어.

내 몸은 점점 덜 기억하고 말들은 점점 더 돌아오고 나는 덜 아프다. 어제는 자전거를 타고 강가에 갔다. 수면에 부서지는 빛, 빛, 빛. 내가 가장 좋아하는 풍경을 보다. 조카는 마구 깔깔거리며 뜀박질을 하고 밥에서 냄새가 난다며 끼니를 자주 거르는 늙은 아버지는 딱, 하고 삶은 밤을 깨물었다. 우리가 얼마나 간신히 만들어낸 순간인지.

우리가, 얼마나, 간신히.

이 순간을 따서 손에 쥐고 터뜨리면 붉고 향긋한 즙이 팔목을 타고 흘러내릴 것이다. 가느다란 줄에 매달아 창가에 걸어 놓을까. 작은 보석처럼 귀엽게 찡긋거리며 반짝이겠지. 어찌나 아리도록 사랑스러운지! _2014년 일기

통증의 역사 쓰기: 알퐁스 도데의 「라 둘루」

나는 아름다운 문장 하나를 입안에 쏙 집어넣고 과일 맛 사탕인 양 빤다. 한 잔의 향기 나는 독주인 양 홀짝댄다. 그 관념이 내 안에서 알코올처럼 용해되어 뇌와 심장으로 퍼지고 혈관으로 흘러들어가 모든 핏줄의 뿌리에 도착할 때까지.

_ 보후밀 흐라발, 『너무 시끄러운 고독』

우리는 살caro을 속죄하기 위해 살이 된 말씀을 믿는다.

_ 『가톨릭 교회 교리서』○

1

언어는 아픈 몸과 거리를 둔 곳에서만 출현한다. 아픔을 고스란히 옮긴 글이 있다면, 그리하여 한 점의 왜곡도 없이 쓰인 글이 있다면, 그 글을 읽을 수 있는 사람은 없을 것이다. 십 년이 지나 나는 통증 환자에서 '몸이 늘 힘들고 여기저기가 아픈 사람'이 되었다. 나아진다는 것은 몸의 기억이 옅어지는 것이다. 고통에 의해서든 쾌락에 의해서든 몸에 깊게 파인 자국이 차오르고 채워지는 것, 또는 그 자국이 닳아서 평평하게 되는 것이다. 그리하여 '이 순간만큼은 내가 세상에서 제일 아프다'라고 생각하게 했던 그 몸의 상태를 이제는 나 자신도 상상하기 어려워한다. 아픈 몸의 기억은 일기장에 남은 아프다는 말들로 대체된다. 견디기 위해 곱씹고 삼킨 말들로 대체된다. 통증은 이렇게 역사가 된다.

통증의 한가운데에 있다는 건 말할 수 없다는 것이다. 통증

○ 라틴어 caro는 '살' '고기'를 뜻하며 한국 가톨릭교회에서는 '육신'이라는 말로 번역한다.

이 역사가 된다는 건 거리가 생긴다는 것이고 말할 수 있게 된다는 것이며, 역사 쓰기는 편집, 조작, 오류를 동반한다. 완전하게 전달하고 완벽하게 공감받고 싶어. 갈증과 갈망은 아픈 사람을 사로잡지만 완전과 완벽을 향한 시도는 손으로 구름을 뚫고 천국의 조각을 떼오려는 일과 같아서 영원히 실패할 것이다. 불완전함을 받아들인 이에게만 언어는 온다.

이제 강제로 겸손을 배우고 조금 비굴해지기도 한 나는 그럼에도 여전한 허기와 부담감과 망설임 안에서 쓴다. 아프다는 말을 꺼내는 데 언제나 따라붙는 자기 의심과 자기검열 안에서 쓴다. 너무 많이 잊은 게 아닐까, 내가 충분히 아팠던 걸까, 통증이 강도 10으로 24시간 지속되지 않았어도 말할 자격이 있나, 나보다 더 심각한 사람들도 수두룩한데. 그래도 쓴다. 이제와 증명하고 인정받기 위해서가 아니라 통증에서 멀어진 만큼 언어에 더 가까워진 이 지점을 표시하기 위해, 꾹꾹 담아두기만 하고픈 마음을 흐르게 하기 위해, 말함으로써 나만의 특별하고 드물고 소중한 고통을 평범하고 흔하고 별것 아닌 고통으로 만들기 위해, 내 고통에 관한 말이 다른 사람들의 고통에 관한 말과 뒤섞이고 그 일부가 되게 하기 위해서다.

어떻게 말할까? 불안에 쫓겨 내놓는 긴 설명과 변명이 아니라 내 고통의 확언이었던 말들에서 시작하기, **견디기 위해 곱씹고 삼킨 말들**을 경유하기, 나의 유일한 고통을 말하는 유일한 언어를 모조리 새로 발명하기보다는 다른 이의 언어에 기대어 말해보기. 그렇게 해보려고 한다. 그렇게만 할 수 있을 것 같다. 특히 나는 백삼십여 년 전 어느 병자-작가의 기록을 불러낼 것인데, 아플 때 입안에 물고 지낸 그 문장들은 내 앓기의 일상, 앓기의 역사와 너무도 겹쳐 있어서 그것들 없이는 앓기에 관한 말하기를 어디서 시작해야 하는지조차 알 수 없기 때문이다. 내 약이었던 그 기록은 프랑스 소설가 알퐁스 도데의 「라 둘루La Doulou」, '고통'이라는 제목의 글이다.

"통증이 내 삶에 들어온 그날"(374○) 이후, 처음에는 이질적이고 예외적인 발생이던 통증이 얼마나 재빨리 모든 곳에

○ 이하 괄호 안의 숫자는 다음 책의 쪽수다. 알퐁스 도데, 「라 둘루」, 『알퐁스 도데 작품선』, 손원재 · 권지현 옮김, 주변인의길, 2003.

침투하는지. "통증은 못 들어오는 곳이 없다. 시력, 감각, 판단력—침투라고 해야겠다."(381) 얼마나 재빨리 한 사람의 몸을 차지하고 머릿속을 차지하고 이내 일상과 인생을 차지하는지. 초반의 막연한 낙관이 갉아먹히고 몇 번 무너지고 나면 그는 환자다. 통증은 이제 그의 병/한계/조건/상황이다. 통증이 없다는 게 어떤 거였더라? 망각 또한 재빠르다. 내가 할 일을 나의 의지로 기획하는 게 당연하고 자연스러웠던 때의 기억은 희미해지고, 가능한 활동과 일상의 테두리는 통증이 정한다. 시간은 쌓이거나 앞으로 흐르지 않고 통증을 축으로 같은 자리를 돈다. 다가올 파도를 두려워하는 시간, 바닥으로 내리꽂히는 시간, 기진한 허무와 얇은 안도의 시간, 다시 불안이 진해지는 예감의 시간, 그리고 또다른 파도의 시간. "또다시 끝도 없이 되풀이되는 익숙한 가락."(384)

건강한 사람의 관심이 외부를 향해 뻗어나간다면 통증 환자의 관심은 내부로 수렴한다. 적어도 한쪽 눈은 늘 안을 향한다. 환자는 관찰하고 수집하고 분석하고 해석한다. 통증이 언제 심해지는가 왜 심해지는가 어느 부위에서 심해지는가 내가 무엇을 했는가 하지 않았는가 먹었는가 먹지 않았는가 운동을 해서인가 안 해서인가. 이유, 기원, 위치, 강도, 주기, 유형, 무늬, 변화, 의미, 상징…… "상태의 변화: 잘 걷지 못함."(395) "눈에는 후끈한 열감."(369) "옆구리를 타고 올라오는 통증과 더불어 오른발의 경련."(383) "오늘 아침에는 모든 감각이 무디어졌다. (…) 똑같은 마취제를 너무 오래 사용한 탓이다."(398) 대응책 개발과 보완, 수정, 실험이 이어진다. 모든 환자는 어느 정도 과학자가 아닌가. 환자는 시행착오와 반복을 통해 귀납적 지식을 쌓아간다.

통증은 낮이고 밤이고 언제나 재생중인 소음이다. 공사장의 드릴 소리일 때도 있고 치과의 뮤작muzak일 때도 있지만, 어쨌거나 환자는 그것을 끌 수 없다. 통증이 볼륨을 높이면 세상은 볼륨을 낮춘다. 통증은 지운다. 통증만이 남는다. "통증이 몸속에서 메아리친다. 몸에서 살아 있는 부분이라고는 통증뿐."(386) 통증은 채운다. 통증은 내가 가라앉은 검은 물이다. "고통이 지평선을 지우고 온 세상을 채워버린다."(409)

이해할 수 있다고 생각한 순간 통증은 빠져나간다. 환자의 금기어는 이것이다. **이제 좀 알 것 같아.** 그렇게 말해보라. 통증은 생각지도 못한 방식으로 환자를 내려칠 것이다. "살아남기 위한 질병의 기발한 노력."(383) 환자는 비웃음 소리를 듣는다. **이제 좀 알겠다고?** 결코 완전히 붙잡을 수 없으며 줄기차게 모습을 바꾸는 통증을 쫓고 탐구하는 동안 나머지 일들은 전부 동굴 밖에서 뿌옇게 벌어진다. 세계와 나 사이에 장막이 드리워진 듯한 느낌, 또는 남들과 같은 세상에 있지 않다는 느낌. "모두 멀어져간다……"(387) 하지만 내가 이곳이 아니라 "고통의 영토"(411)에 있다는 걸 아무도 모른다. "안녕 나 자신아, 소중한 나, 이제 너무 몽롱하고, 흐릿해져버린……"(387) 이전의 내가 없다는 걸 아무도 모른다.

병 연구에 바쁘면서도 환자는 자신의 무위도식을 비난한다. 나는 게으르다, 충분히 노력하고 있지 않다, 인생을 낭비하고 있다. 하지만 앓기란 그 자체로 고된 일이다. 환자는 몸을 받들고 돌봐야 하며, 여기에 더해 몸 자체가 앓는 데 에너지와 관심을 쏟아붓고 있다. "지금 뭐하세요?" "아프고 있습니다."(366) 다시 말하지만 아프기 자체가 일이다. "나는 글을 썼다. 그리고 고통받았다."(394) 글 쓰는 일과 나란히 놓이는 일이다. 학교와 직장에 가지 않아도 환자는 병실과 방에서 앓는 일을 한다. 혹은 학교와 직장에서 앓는 일까지 한다.

통증만큼 끈질기고 가차없는 조련사는 없다. 통증만큼 몸과 마음의 활동을 낱낱이 통제하는 관리자는 없다. 해야 하는 일, 할 수 있는 일, 할 수 없는 일, 가끔 해도 되는 일, 절대 해서는 안 되는 일…… 목록은 끝없이 이어진다. 이 순간이 지나간다는 것을 믿기, 공포에 붙들리지 않기, 현재에 집중하기, 감각에 평정심을 갖기, 통증 사이로 호흡하기, 통증이 고난이 되지 않게 하기. 명상 서적과 자기계발서와 뉴에이지 서적에서 뽑아 온 것 같은 표어가 환자의 수첩을 채운다. 이 말들은 생존 지침이며, 이 모두를 체화할 때까지 익혀야 한다. 연습, 연습, 연습. 이건 다른 몸을 만드는 프로젝트다. "고통이 지시한다."(386) 지시를 따르는 것 외에 다른 길이 있는가. 아침에 눈을 뜨면 훈련의 시작이다. **다시, 다시 한번!** 나는 얼마나 형편없는 학생인가.

신체의 이상 증상이었던 통증은 시간이 갈수록 그 나름의 의지와 목적이 있으며 자신만의 삶을 가진 존재로 느껴진다. "잔인한 손님."(388) "통증에는 그 자체의 생명이 있다."(383) 통증은 나와 관계 맺은 무엇, '그것'이라기보다는 '그', 지인이 된다. 나는 그의 취향과 호오好惡를 배운다. "두더지처럼 땅속으로 파고들어 혼자 살고 싶다, 혼자."(395) 고립을 원하는 마음이 그에게서 오는지 나에게서 오는지 더는 분명하지 않다. 어둑한 방에 우리 둘만 나란히 앉아 있는 걸 그가 좋아하기에 나도 방을 나서고 싶지 않다. 환자는 그가 허락하는 만큼만 살 수 있기에 그의 눈치를 본다. 그 가차없음과 단호함과 추진력에 감탄한다. 그가 하는 모든 충고를 받아들이고 그가 언제나 옳다는 걸 천 번 만 번 반복해서 배운다. 그를 만난 날을 기념일이나 생일처럼 수첩에 적어두고, "내가 고통받았던 장소들"(374)—침대 발치와 책상 아래—을 추억의 장소를 떠올릴 때처럼 확 일어나는 정동과 함께 기억하게 되는 이 친밀하고 배타적인 관계. "마드무아젤 드 레피나스가 자기 사랑의 매 순간을 세듯이 나도 내 통증의 매 순간을 셀 수 있다."(381) 나만이 알고 나만이 기억하는 우리가 함께한 무수한 순간들이여. 고통의 순간과 사랑의 순간은 기묘하게 닮아 있다.

이제 환자는 역설을 고백한다. 그로 인한 고립 속에서 나는 그가 있어 혼자가 아니다. 나는 그를 알고자 했지만 그는 나에 대해 알려주러 왔다. 그처럼 나를 아는 이는 없다. 세심하고 끈질긴 교사인 그는 나의 한계를 이루는 모든 지점을 손가락으로 꾹꾹 눌러 짚어주었다. 내 욕망, 내 두려움, 내 허영, 내가 견딜 수 없는 것, 내가 끝까지 놓지 못하는 것, 나의 중심, 나의 본질. 나는 "고통이 불러주는 대로 받아 적"(386)었다. 무엇을? 변화만이 불변임을, 말이 살을 조직함을, 삶 자체가 병이고 나는 증상임을, 나 대신 걸어줄 이는 아무도 없음을. 앎은 작은 죽음들의 연속이었다. 나 자신과 내가 알던 세계는 갈려나가고 다시 반죽되었다. 왜 그런 식으로밖에 배울 수 없었을까. 아마도 내 어리석음 때문에.

여기 적은 '그날' 이후의 이야기는 통증이 삶에 들어온 사람의 일인칭 시점에서 펼쳐지는 몸과 마음의 드라마다. 보이지 않는 곳에서 벌어지기에 그 중대성을 바깥에 알리기 힘든 사건과 과정들이다. 통증의 사적인 역사다. 오랜 시간에 걸친 이런 몸 경험의 핵심에 핀을 꽂는 「라 둘루」의 세 문장. "내 고통, 너는 내 모든 것이어야 한다. 네가 내게서 앗아간 그 모든 영토를 네 안에서 발견하게 해다오. 내 철학이 되어다오, 내 과학이 되어다오." 통증 환자로 산다는 건 통증과 사는 것이고 통증과 사귀는 것이다. 통증이 나를 차지하고 내 가장 친밀한 이가 되고 그를 배우고 자신을 배우는 것, 그 안에서 몰랐던 모든 것을 발견하고 알았던 모든 것을 새로 발견하는 것, 새 철학과 과학을 사사하는 것이다. 그리하여 긴 시간 전개된 통증의 역사는 「라 둘루」를 시작하는 짧은 첫 문장에 도달한다.

마테마타-파테마타Μαθήματα-Παθήματα(가르침-고통).(366)

고통은, 가르친다.

2

어린 시절에 읽은 단편소설 「별」과 「마지막 수업」 이후 다시 만난 작가 알퐁스 도데는 매독 환자였다. 산중의 깊은 밤, 리본과 레이스로 앙증맞게 장식한 스테파네트 아가씨의 곱슬곱슬한 머리카락이 살포시 어깨를 눌러와도 반짝이는 별들 아래 순수한 마음을 잃지 않았다는 목동의 이야기를 썼던 이 작가는 열일곱 살이던 1857년에 매독에 걸렸다. 효과적인 매독 치료제는 20세기 초에야 개발된다. 도데는 당시 다른 사람들처럼 수은 치료를 받았고, 이후 병은 잠복해 있다가 이십여 년 후에 다시 나타난다. 초기 매독 환자 중 5~10퍼센트는 십수 년에서 몇십 년 후 3기 신경매독으로 병이 진행되는데 도데도 이 불운한 이들 중 하나가 된 것이다.

"내 경험의 처음 절반에서 나는 고난misery을 알았으며, 두 번째 절반에서는 고통pain을 알았다." 알퐁스 도데에게 고통을 알게 한 병은 매독균이 척수로 침투해서 나타나는 척수매독이었다. 몸 여러 부위의 격통, 다리를 잘 가누지 못하는 운동실조증, 손 떨림, 내장 장애, 구토, 시력 이상, 인지 이상, 촉각 과민, 불면, 토혈 등의 증상이 나타났다. 척수매독의 통증은 "날카롭고 찌르는 듯하고 강렬하고 반복적"인 것이 특징으로, 다음과 같이 설명한 임상신경학 책도 있다고 한다. "그 통증은 견딜 수 없을 정도일 때가 많아서 환자가 자살을 생각하게 한다."

알퐁스 도데에게 통증이 확실하게 나타난 것은 그가 서른아홉일 때였다. 매독과 임질이 다른 병임을 밝혀낸 필립 리코르, 매독학 권위자 장 알프레드 푸르니에, 히스테리 연구로 우리에게 잘 알려진 장 마르탱 샤르코 등 도데는 당대 의학의 권위자들에게 진찰받고 갖가지 치료법을 시도한다. 온천욕, 진흙목욕, 마사지, 식이요법, 기니피그 추출물 주사…… 어떤 것도 뚜렷한 효과는 없었다. 샤르코는 러시아에서 도입한 세이르 매달리기 요법Seyre's Suspension이라는 것을 도데에게 처방하기도 했다. 천장에 이어진 장치에 환자가 어깨나 턱을 걸고 허공에 매달려 있게 하는 것인데, 도데는 이 치료를 열세 차례 받지만 너무 고통스러운데다가 심한 각혈까지 시작되어 그만두고 만다. 도데는 다른 환자들처럼 진통제와 진정제 약물에 의존하여 생활하게 되며, 모르핀에 중독되어 나중엔 바늘 찌를 곳을 찾기가 어려울 때도 있었다. 극도의 통증, 신체 기능 상실, 모든 게 악화되기만 할 것이라는 무시무시한 전망 속에 살면서 자살을 생각하기도 하지만, 도데는 자살하지 않겠다는 아내와의 약속을 지키며 "사람에겐 그럴 권리가 없다"(372)고 적기도 한다. 도데가 세상을 뜬 건 오십칠 세였던 1897년, 척수매독의 통증이 처음 나타난 때로부터 십팔 년 후였다.

십대부터 작품을 발표하기 시작한 알퐁스 도데는 평생 작가였다. 자신의 일부는 어떤 상황에서도 작가임을, 즉 언제나 한쪽에서 지켜보고 관찰하는 자아임을 도데는 잘 알고 있었으며 자기 고난에도 글을 쓰는 것으로 대응했다. "이 병을 평생 짊어지고 가야 한다는 사실을 알게 된 후—맙소사, 그 '평생'이 얼마나 짧을 것인가—나는 자신을 추스르고 이 메모를 시작하였다. 나는 지금 손톱 끝을 내 피에 적셔 카르세레 두로carcere duro[징벌방]의 벽에 이 글을 새기고 있다."(381~382)

앓기를 어떤 형식으로 쓸지 오래 고민했지만 제목은 처음부터 정해져 있었다. '라 둘루la doulou'. 프로방스어로 고통, 통증이라는 뜻이다. 프랑스어로 '통증'은 '둘뢰르douleur'이며, 둘루, 둘뢰르 이 두 단어는 '쪼개다' '찢는다'는 뜻의 어원에서 왔다. 「라 둘루」는 도데가 세상을 뜨기 삼 년 전까지 십 년 가까이에 걸쳐 쓴 메모를 모은 글이다. 도데의 아내이자 문인이었던 쥘리아 도데가 이 글을 출간하면 남편의 문학 경력이 끝장날 것이라고 설득했기에 생전에 나오지 못했고 남편의 사망 후에도 계속 출판을 망설여서 「라 둘루」는 알퐁스가 세상을 뜬지 삼십여 년이 지나서야 출판된다.

도데의 지인이자 당대 프랑스 문단의 또다른 매독 환자였던 소설가 모파상은 의사에게 보낸 편지에서 매독의 고통을 표현하는 말의 무용함을 다음과 같이 한탄했다. "울부짖는 개들이 내 상태를 아주 잘 표현해준다." 언어의 무력함을 뼈아프게 느낀 건 도데도 마찬가지였다. "통증의 실제 느낌이 어떤지를 묘사할 때 말이라는 것이 조금이라도 쓸모가 있는가? 언어는 모든 것이 끝나버리고 잠잠해진 뒤에야 찾아온다. 말은 오직 기억에만 의지하며, 무력하거나 거짓이거나 둘 중 하나다."(375) 몸의 고통에 더해 표현의 어려움이라는 고통을 작가로서 다른 환자들보다 더욱 예민하게 느꼈던 도데는 아들에게 하소연하기도 했다. "나의 펜이 쓰는 것과 내 마음이 품고 있는 것 사이의 불균형은 쓰디쓰다. 나는 표현할 수 없다는 고통을 겪고 있다." 그러면서도 그는 평생 작가로 살아오며 숙련한 기술을 전부 동원하여 언어의 한계 지점에서 물러나지 않는 어려운 일을 멈추지 않았다.

"내 몸을 갈아대고 산산조각 내어 이글이글 타오르게 만드는 고통의 불꽃."(369) "창에 반사된 햇빛조차도 눈을 후벼 파는 느낌."(369) "발에 핀이나 바늘이 잔뜩 박힌 느낌, 타는 듯한 열감."(369) "내 얼굴과 몸 전체가 무너져내리는 듯한 기묘한 기분."(373) "내 불쌍한 몸뚱아리를 칼로 난도질해 조각조각 내는 느낌."(373) "가슴을 도려내는 듯한 아픔."(373) "내 허리 아래쪽을 인정사정없이 파고들어오는 쇠테. 활활 타오르는 석탄, 바늘처럼 날카로운 통증의 습격."(374) "그야말로 고문."(375) "온몸을 물어뜯는 통증."(378) "가끔은 머리카락처럼 얇은 칼날로 발바닥을 베는 것 같다. 혹은 주머니칼이 엄지발톱 아래를 파고드는 아픔."(379) "쥐 떼가 날카로운 이빨로 발가락을 갉아먹는 기분."(379) "불꽃이 두개골 속까지 타올라 클라이맥스를 장식하며 폭발한다는 느낌."(379~380) "신경이 갈가리 찢어지는 듯 아파 비명이 절로 나온다."(380) "십자가형."(382) "상반신을 동여 묶은 거친 밧줄, 옆구리를 파고드는 창날."(382) "짐마

차에 깔려 으스러지는 근육, 새끼손가락에는 창으로 쑤시는 듯한 아픔."(386)

끔찍하고도 다양한 무기와 손상의 단어들이 등장하는 「라 둘루」는 일레인 스캐리가 『고통받는 몸』에서 논한 '무기 언어'의 사례집과도 같다. 찢고 찌르고 쑤시고 파내고 갉아먹는, 무기가 몸에 가하는 손상을 그리는 무기 언어의 특성상 대단히 독창적이기는 어려운 영역에서 도데는 최대한의 창의력을 동원하여 '그것'을 묘사하려 애쓴다.

의학의 관점에서 처음으로 「라 둘루」를 분석한 1932년의 연구는 이 글이 운동실조 전 단계 척수매독의 증상 목록을 완전하게 보여준다면서, 전형적인 증상들의 기록인 것을 넘어 증상들의 '교과서'와도 같다고 말한다. 「라 둘루」에는 통증을 비롯한 증상의 기록, 통증과 함께하는 일상, 통증에 대한 사유, 환자가 느끼는 갖가지 감정, 약물(브롬칼리, 클로랄, 안티피린, 아세트아닐리드, 모르핀)의 효과와 부작용, 치료(온천욕, 세이르 매달리기 요법), 다른 환자들의 이야기, 가족 걱정 등등 19세기에 척수매독 환자로 산다는 것의 거의 모든 측면이 일인칭 시점으로 담겼다.

그러나 「라 둘루」가 통증을 언어화한 방식에서 더욱 주목할 만한 부분은 어쩌면 내용보다도 메모 모음이라는 형식일지 모른다. 유려하고 조리 있고 일관되게 이어지는 문장과 문단은 고통과 죽음 가까이에서 가능하지 않으며, 메모는 고통이 존재를 조각내고 언어를 조각낸다는 사실을 드러내는 데 어쩌면 가장 적절한 글의 형태일 수 있다. 도데의 메모들은 문장으로 완성되지 않고 연속되지 못하는 구句와 단어들의 모음일 때가 잦다. 어떤 메모는 탄식하고, 어떤 메모는 진저리치고, 어떤 메모는 신음하고, 어떤 메모는 기억하고 보고하며, 어떤 메모는 한숨을 돌리고, 어떤 메모는 체념하고, 어떤 메모는 그저 고요하다. 메모 사이에서 느껴지는 단절은 통증이 불타올랐다가 사그라들기를 반복하는 사이사이에 도데가 통증과 엇박자로 글을 적어내려갔음을 짐작게 한다. 육체에 함몰되었다가 기진한 채로 기어나온 정신이 남긴 기록들. 1930년에 출간된 프랑스어판에서는 메모 사이를 구분하는 기호(***)가 인쇄되어 있어서 그런 단절이 더욱 또렷하게 느껴진다. 줄리언 반스는 「라 둘루」를 "오십 페이지로 남은 십 년가량의 고통"이라고 요약하는데, 「라 둘루」의 본질을 포착하는 말이 아닌가 싶다. 다만 십 년가량의 통증에 관해 쓴 메모를 모은 글이어서가 아니라, 메모 사이에서 통증과 고통의 시간을 감지할 수 있어서다. 그렇다면 「라 둘루」는 미완의 메모 모음이라기보다는 이미 그 자체로 고통을 말하는 데 적절한 형식을 갖춘 완성작이라고 할 수 있을지도 모른다.

'가르침-고통'이라고 썼던 도데는 말년에 고통이 더이상 아무것도 가르치지 않는 지점에 이른다. "고통은 도덕적, 지적 성장의 밑거름이 된다. 그러나 일정 수준 이상은 불가능하다."(395) 메모하길 그만둔 그는 무의미하게 계속되는 고통을 견디는 일을 끝까지 해냈다. 도데의 비서였던 앙드레 에브네르는 「라 둘루」의 초판 말미에 덧붙인다. "여기서 「라 둘루」는 끝난다. 알퐁스 도데는 이후 삼 년을 더 산다. (…) 도데는 고통을 연구하길 그만두고 계속되는 고문을 매일 커져가는 선량함으로 바꾸어냈다. (…) 도데는 말했다. '이제는 그저 행복을 파는 상인이 되고플 뿐이다.'"

「라 둘루」를 오래도록 읽었지만 내가 이 글의 자세한 배경에 대해 찾아본 건 시간이 꽤 흐른 후였다(인터넷 검색하는 일조차 벅찬 시기가 있었다). 프랑스어판은 1930년에 출간되었고 영문판은 1934년에 처음 나왔다. 2002년 소설가 줄리언 반스는 이 작품을 직접 영어로 번역하여 소개글과 3기 신경매독을 설명한 글을 함께 묶어서 『고통의 영토에서In the Land of Pain』라는 책으로 출간한다. 반스는 자신의 소설 『플로베르의 앵무새』를 집필하던 중 플로베르의 매독에 관해 조사하다가 「라 둘루」를 발견하게 되었다고 한다. 반스의 글에서 알게 된 도데라는 사람은 동일시는커녕 동정하고픈 마음도 별로 들지 않는 인물이다.

반스의 소개를 잠시 따라가보자면, 알퐁스 도데는 보들레르, 플로베르, 모파상, 쥘 드 공쿠르를 비롯한 19세기 프랑스 문단의 매독 환자 중 하나였다. 그는 열일곱 살 때 파리에 도착한 직후 매독에 걸린다. 궁정에서 책을 낭독하는 여성에게서 전염된 것이었는데, 도데는 "최상품 여성에게서" 매독을 얻었다고 공쿠르에게 자랑하기도 한다. 작가가 되고 결혼하고 자녀들이 생긴 후에도 도데의 지나치게 활발한 성생활은 계속되어 섹스에 관해서라면 언제나 "완전히 불한당"(도데 자신의 말)이었다. 친구들의 애인과 잤고, 아내에게 허락을 구할 수 없는 "외설스러운 행위"를 향한 욕구를 빈번히 느꼈으며, 술을 마시면 방탕이 뒤따랐다. 한번은 음낭수종으로 부어오른 고환에서 고통스럽게 물을 뺀 후에도 수술 후 바로 섹스를 찾아나섰다. 도데는 친구에게 다음과 같은 꿈 이야기를 한 적도 있다고 한다. 최후 심판을 받는 자리에 있었는데, '호색이라는 죄' 때문에 지옥에서 삼천오백 년을 보내야 한다는 선고를 받고 자신을 변호했다는 것이다.

이런 소개글을 읽으며 '솔직히 진짜 싫은 자식이다'라는 생각을 할 수밖에 없었다. 19세기 파리의 성인 남성 중 15퍼센트가량이 매독 보유자였던 것으로 추정되며, 페니실린의 등장 이전까지 매독 없이 살 수 있는 확실한 방법은 "순결을 지키는 것뿐"이었다는 사실을 감안한다고 해도 말이다. 한편 신경매독에 대한 자료를 찾아 읽으며 그 무시무시함과 끔찍함을 자세히 알고 나니 나 자신의 병은 '여기에 비하면 몸이 좀 쑤시는 정도'가 아니었나 깎아내리게 된다. 고통에 관한 세상의 모든 말을 자기 이야기로 오인하는 병자의 자기중심성, 균형감 상실, 무맥락적인 인용, 자기도취를 의심하지 않을 수 없다. 이렇게 어떤 시기를 손에 꼭 쥐고 걸었던 텍스트와의 관계는 변한다.

그럼에도 나는 이 매독 환자의 글이 나를 다른 사람들의 현실과 단절된 곳에서 구한 때를 잊지 못한다. **이걸 아는 사람이 있어!** 통증 속에 산다는 게 어떤 것인지 아는 그 글이 있어서 나는 혼자가 아니었고 나 혼자만 미친 생각들을 하고 있는 게 아니었다. 다른 병자의 기록이 나의 현실에 고개를 끄덕여주었던 그 순간들은 구원의 순간이라고 말해도 지나치지 않으며, 나는 과거의 내가 그런 마주침에 온전히 충실했다는 걸, 그랬기에 살았다는 걸 안다. 어떤 말들이 다가와 내게 충격을 주고 내 살이 되는 일은 하나의 사건이다. 훗날 다른 몸으로 다른 위치에서 있는 내가 성찰하되 폄하하고 부끄러워하면서 지워버릴 일이 아니며 지워버릴 수도 없다.

언어는 '그것 자체'를 담고 있지 않다. 재현再現은 다시 나타나게 하기가 아니라 고쳐 말하기paraphrase, 비슷하게 말하기para-phrase다. 우리에게 주어지는 건 '그것'이 있었다는 흔적이나 암시뿐, 모든 발화는 실패이며 불완전하고 열등한 판본 만들기일지도 모른다. 그러나 중요한 건 언어는 '그것'이 내 안에만이 아니라 **우리 사이에** 있게 한다는 것이다. 백삼십여 년 전 먼 나라의 누군가가 고통받았다는 흔적을 내가 만나고 구해질 수 있었던 건, 그 흔적이 나를 이루는 일부가 될 수 있었던 건,

'아프다 아프다 아프다' 같은 신음이나 울음에 가까운 말이 아니라 통증과 나 사이의 작용과 반작용, 역학, 변화, 궤적을 적을 수 있는 건, 역사를 쓸 수 있는 건, 오로지 멀리 떨어진 시공간의 누군가가 글을 남겼기 때문이다.

고통의 표현과 전달은 애초에 언어와 재현의 한계 안에 있다고 해도 언어화된 고통은 고통의 희미한 빛 같은 것이 아닐까. 희미하다고 해도 여전히 빛이며 모두가 볼 수 있는 빛이다. 그렇다면 언어는 실패, 불완전, 열등한 판본이라기보다는 우리가 볼 수 있는 빛을 만드는 방식, 그래서 빛을 서로 더할 수 있는 방식으로 봐야 할지 모른다. 「라 둘루」는 통증 환자의 몸 경험과 통증 속에서 사는 삶이 어떤 것인지를 그 내용과 형식 모두를 통해 감각할 수 있게 하는 드문 텍스트다. 언어에 절망하면서도 언어를 가지고 맹렬히 분투한 고통의 기록, 이 병자-작가는 가장 밝은 빛을 남겼다.

병이 준 것

지금까지 들은 말 가운데 진부하고 상투적이지 않은 말이 없었어. (…) 암을 선물이자 정신적 성숙의 기회, 자기 자신도 몰랐던 자질을 발달시킬 기회로 생각해라. 최고의 자아에 이르는 여정의 한 단계로 생각해라. 진짜라니까. 그런 헛소리를 들으며 죽어가고 싶은 사람이 누가 있을까?

_ 시그리드 누네즈 『어떻게 지내요』

다른 사람들에게 질병에 감사한다는 말을 하지 말라. 그들은 제대로 이해하지 못한다.

_ 소냐 후버, 「병자들의 왕국에 오신 걸 환영합니다」

세상 끝까지 가보리라. 태산이 시작된 곳과 대양의 가장자리를 모두 보리라. 그런 불가능한 여행을 하리라. 어린 시절 나는 원대한 꿈을 품고 있었다. 한국의 가족과 사회가 보통 여자아이에게 기대하거나 허용하는 꿈의 크기와 내용이 아니었고 남들이 비웃을까 봐 입 밖에 내본 적은 없지만 말이다. 소원은 이상한 방식으로 성취된다. '내면으로 떠나는 여행' 같은 말이 나오는 책들을 모조리 기피하던 내가 그토록 오랫동안 내면의 영토를, 그곳의 벼랑과 크레바스와 사막과 동굴과 동토와 강과 바다를, 굽이치고 펼쳐지고 얼어붙고 흐르고 깎아지르고 아래로 꺼지고 솟아오르는 그 모든 지형의 구석구석을 보고 걷고 탐험하게 될 줄이야. 어디서 들었더라, 소원을 빌 땐 조심해야 한다고. 뒤통수를 치는 아이러니와 (나에겐 하나도 안 웃긴) 농담의 연속이 인생이고, 그래서 나는 여전히 두렵다.

'삶을 이끌어간다lead a life'는 표현이 있다. '내 인생은 나의 것'이라고 노래하는 오래전 가요도 있다. '내 인생의 운전대를 내가 쥐어야 한다'는 스님-작가-구루의 인생 조언도 있다. 내가 알게 된 인생과는 반대다. 삶은 내 몸이라는 상황을 포함하여 내가 던져진 상황 안에서의 발버둥이고, 세계의 작용에 대한 내 반작용의 총합이며, 나는 궤도를 볼 수 없는 롤러코스터에 오른 겁먹은 승객이다.

하고 싶었던 일, 되고 싶었던 것이 있었다. 국제개발 분야를 연구하는 여성학자. 인도네시아에서 가난한 마을의 여성들이 작은 사업을 시작할 수 있도록 소액 대출을 해주는 현장 단체에서 일하다가 나는 자바섬 동쪽의 대학으로 떠났다. 인도네시아 정부가 지원하는 일 년간의 언어·문화 연수 과정을 이수한 후 다시 그 단체로 돌아갈 계획이었다. 그러지 못했다. 가장 신뢰하는 동료이자 가까운 친구였던 현지 활동가가 나의 동부 자바행行 한 달 전에 갑자기 죽었고, 일 년 후엔 내게 아버지 같았던 그 단체의 창립자가 세상을 떠났다. 돌아갈 이유가 대부분 사라졌다. 무엇보다 그때도 이미 많이 아팠던 나는 그보다 더 아파질 수 있다는 걸 상상하지 못했다.

초연하게 가차없는 시간이 흐르고, 이제 나는 '책과 음악을 사랑하는, 몸이 약한 중년의 독신 여성'이 됐다. 4060을 위한 데이트앱 프로필로 사용할 수도 있을 법한 이런 자기소개문은 어릴 때 꿈꾸었던 내 사십대의 모습은 정확히 아니다. 그동안 나는 아프기라는 병자로서의 업무와 병행하여 고통이나 질병, 아픈 사람의 삶에 대한 책을 번역했고 그 주제에 관해 글을 쓰며 영어를 가르쳤다. 번역가, 글 쓰는 사람, 영어 선생, 집안마다 하나씩 있다는 괴짜 이모, 가족의 악몽. 내가 된 것. 이중에 내가 계획한 것은 없다. 나를 여기로 데려온 것, 지금의 나를 만든 것은 병이다.

아프지 않은 사람들에게 진실은 좀더 단순하다. 그들에게 행복은 건강에서(만) 온다. 아프다는 경험은 개인적으로나 사회적으로나 모든 차원과 측면에서 부정적인 것이다. 아픈 시간은 인생의 낭비이며 뒤처지는 시간이다. 아픈 사람은 상실만을 경험한다. 아프다는 것에 어울리는 서술어는 **하지 못하다, 이루지 못하다, 잃다, 빼앗기다, 놓치다**이다. 또한 병자도 (아프지 않은) 자신과 같은 방식으로 느낄 거라고 의심 없이 가정하며 그렇기에 동정하고 안타까워한다. 물론 여기에 덧붙여두어야 한다. 주변 사람들의 연민은 분명 병자에게 너무도 필요하고 고마운 것이며, 때로 하늘에서 내려오는 동아줄과 다름없음을. 그러나 내가 하고픈 이야기는 병자가 생각보다 불행하지 않으니 마음 쓸 필요가 없다는 뜻이 아니라, 아픈/아팠던 사람 자신들에게 진실이 단순하지 않다는 뜻이다. 고통스럽지만 고통뿐만은 아니라는 이야기, 아프다는 경험이 무위無爲와 퇴행이 아니라는 이야기, 앓기가 잃기만은 아니라는 이야기다.

아프다는 경험이 전부 부정적인 게 아니라면 거기 무슨 좋은 점이라도 있다는 건가. 우리에게 익숙한 투병기의 서사를 떠올려보라. 글 앞부분에서 병 진단의 충격과 치료·회복 과정의 지난한 괴로움과 어려움을 이야기하던 저자들이 결말에 이르면 거의 어김없이 건강과 가족의 소중함을 깨달았다거나 과거를 반성하며 돌아보는 계기가 되었다며 병 경험의 긍정적인 차원을 언급하지 않는가. 투병기 서사는 진단-치료-회복-일상 귀환으로 흘러갈 때가 많고, 그렇다면 당연히 질문들이 뒤따를 수 있다. 그런 긍정의 말은 병에서 살아남아 건강을 되찾은 사람이 이제 안전한 곳에 도착해 숨돌리며 할 수 있는 말 아닌가. 다시 말해 이제 좀 살 만해졌기에 하는 소리, 또는 병이 나은 사람의 만용, 어쩌면 병이라는 실패를 겪었다는 사실을 포장하는 자기 최면이라든지 '컵에 물이 반이나 남았네'처럼 애써 밝게 마음을 먹으려는 자기기만 아닐까. 하지만 나 자신이 아프고 난 후에는 좀 다르게 읽게 된다. 나는 그 저자들이 이미 잘 확립된 서사 구조의 진부한 결말에 기대어 자신의 표현하기 어려운, 상충하는 진실들을 말하려 애쓰고 있지 않나 한다.

언어 전문가인 병자-작가들의 글과 말에서도 양가적인 진술은 드물지 않다. 유방암 말기 진단을 받고 투병한 수전 손택은 처음엔 "공황"과 "동물적인 공포"를 느꼈다고 하면서도 사뭇 다른 결의 이야기도 한다.

> 병은 내 삶에 엄청난 강렬함을 부여했고, 그런 강렬함은 즐거운pleasurable 일이었다. (…) 죽을 것임을 아는 건 환상적인fantastic 일이다. 정말로 일들의 우선순위가 생기며, 그걸 따르는 게 자신에게 대단히 중요해진다.

손택이 골라 쓴 형용사들을 보라. 즐거운! 환상적인! 그가 의도한 아이러니를 감안하고 봐도 놀라운 단어 선택이다. 워낙 걸출한 인물이라서 이렇게 대담한 발언을 한다고 생각할 수도 있겠지만 그만이 아니다. 시인 앤 보이어는 치료가 어렵고 예후도 좋지 않은 종류의 유방암을 진단받고 치료받으면서 글을 썼는데, 거기 담긴 언어는 내가 읽어본 질병 이야기 중에서도 손에 꼽을 정도로 쓰라리다. 이런 앤 보이어조차 '그리움'을 말한다.

> 기분이 별로일 때는 무슨 일이 있어도 그걸 그리워할 일은 결코 없으리라 생각하지만, 계속 존재하라는 명확한 지시를 내려주고, 미래에 대한 전망 없이도 삶을 날카롭게 바라볼 수 있는 시력과 위태롭게 유지되는 모든 생을 복시複視로 바라볼 수 있는 순수함을 선사하는 그것을 당신은 실제로 그리워하게 된다.

몇 겹의 이야기를 함축하는 시인의 문장에서 보이어는 그것을 '그리워한다'고 말한다. 무엇을? 암세포, 항암 치료의 괴로움, 경제적 곤경은 분명 아닐 터이다. 손택과 보이어 두 사람 모두 '즐거운' '환상적인' '그리워한다'라는, 죽을 뻔한 일을 묘사하는 말로는 낯설고 모순되는 단어들로 질병 경험의 다른 측면—죽음 앞에서 강렬해지는 삶, 선명해지는 시야—을 도드라지게 한다.

평생에 걸쳐 서서히 시력을 잃은 호르헤 루이스 보르헤스는 시각장애 때문에 자신이 짧은 소품밖에 쓸 수 없으며 "그건 [글쓰기는] 어렵다기보다는 불가능하다"고 눈먼 작가로서 겪는 어려움을 고백하지만, 한편으로는 눈멂이 '선물'이었다는 과격하도록 긍정적인 아이디어를 내놓기도 했다. "책과 밤을 동시에 주신 / 하느님의 훌륭한 아이러니." 그가 아르헨티나 국립도서관장으로 임명되고 나서 쓴 「축복의 시」라는 시 일부다. 이 시에서 보르헤스는 '책과 밤', 즉 도서관의 수십만 권의 장서, 그리고 실명失明을 자신에게 주어진 "두 가지 선물"로 받아들인다. 그로부터 이십여 년 후의 강연에서도 보르헤스는 눈멂이 준 선물이라는 아이디어를 되풀이하면서, "그토록 사랑했던, 눈으로 볼 수 있는 세상을 잃"었기에 새로 얻은 것들이 있었다고 말한다.

> 앞을 보지 못하게 된다는 것은 나름대로 장점이 있습니다. (…) 앵글로색슨어, 아이슬란드에 대한 나의 보잘것없는 지식, 수많은 시구에서 느꼈던 기쁨, (…) 모두 어둠의 선물이었습니다.

병이 준 것들이 소중한 나머지 '내가 이 병이 사라지길 바라나'라고까지 묻는 작가-병자들도 있다. 버지니아 울프는 조울병 때문에 여러 번 고통스럽고 끔찍한 일을 겪었음에도 의외의 자문을 한다.

> 하지만 내가 이 우울을 피하긴 원하나? 이건 언제나 질문거리다.

자신의 병 경험에 '긍정적인' 면이 있다고 느꼈기 때문이다. 일기와 편지에 여러 차례 적은 가장 내밀한 고백에서 울프는 울증이 "조금 두려운 일이지만 대단히 흥미롭기도" 하며 "공포도 있지만 매혹도 있"는 일이고, 기분이 하강하는 시기는 "진실한 비전에 가장 가까워지"고 "존재에 더 정확히 조율되"고 "예술적으로 (…) 비옥해지"는 시기라고 말하며, 심지어는 "광기의 용암 안에서 (…) 글 쓸 거리 대부분을 찾는다"면서 "광기는 아주 멋진 것이라고 장담"하기까지 한다.

조울병 연구의 권위자이며 조울병 환자 당사자이기도 한 케이 레드필드 제이미슨도 자신의 병 경험을 쓴 책에서 울프와 비슷한 질문을 던졌다. 울증 시기의 자살 시도, 조증 시기의 무분별한 쇼핑으로 맞은 재정적 위기, 인간관계 파탄, 사회적 망신 등등 그 책에서 제이미슨은 자신이 병 때문에 겪은 온갖 역경을 솔직하고 생생하게 드러내지만, 그러면서도 에필로그에서 이렇게 묻고 답한다.

> 나는 종종 자문한다. 만일 선택할 수 있다면 조울병을 선택할지 하고 말이다. 리튬이 없거나 리튬이 내게 듣지 않는다면, 내 대답은 단연코 '아니다'이다. 두려움에 떨며 아니라고 답할 것이다. 하지만 리튬이 있기에 (…) 이상하지만 나는 조울병을 선택할 것이다.

병을 택하겠다는, 상식에 반하는 답변을 하면서 제이미슨이 그 이유로 내놓는 문장들은 가슴 저린 역설이다.

> 더 많이 울었기 때문에 더 많이 웃을 수 있었다. 많은 겨울을 맛보았기 때문에 더욱 달콤하게 봄을 느낄 수 있었다. 죽음의 얼굴을 똑바로 들여다보았고 그래서 삶의 얼굴이 얼마나 아름

다운가를 알 수 있었다.

강렬함, 명료함, 선명함, 잃었지만 얻음, 진실한 비전, 역경만큼 깊어지는 생의 아름다움⋯⋯ 이 병자들의 말을 읽으며 나도 이게 무슨 소리인지 조금은 알 것 같다고 생각한다. 겁이 나서 **즐겁다**거나 **환상적**이라거나 **그립다**거나 **선물**이라는 말은 차마 쓰지 못하지만, 아프다는 경험에 무언가 중요한 것이 있다는 느낌은 내게도 처음부터, 가장 아플 때조차 언제나 존재했다. 그건 내가 찾고 있는지도 몰랐지만 찾아왔던 무엇이었고, 그런 의미에서 병은 '소중했다'. 이게 말이 되는 소리일까? 내 정신 상태를 의심하게 될 때마다 그랬듯 나는 다른 병자들의 글을 읽었다. 앞에서 소개한 말들은 그 같은 독서에서 남은 메모다. 그중에서도 특히 울프와 제이미슨, 두 사람의 자문—이걸 피하길 원해? 만약 선택할 수 있다면 이 병을 선택할 거야?—은 나에게도 오래도록 비슷한 모습의 질문으로 돌아오곤 했다.

선택할 수 있다면 이 병이 없었길 원해?

이상하지만, 제이미슨이 쓴 부사처럼 **이상하지만**, 나는 바로 대답하지 못한다.

✧

중병은 몸의 중단이었고 몸의 중단은 삶의 중단이었다. 다른 많은 병자처럼 처음엔 나도 곧 예전의 삶으로 돌아갈 수 있을 것이라고 생각했다. 내가 알던 삶은 사라졌지만 그 사실이 분명해지는 데는 시간이 걸렸다. 받아들이는 데도 시간이 걸렸다. 좌절하고 포기하고 버리고…… 계속, 계속. 그렇다면 무엇을 하며 어떻게 살지, 아니 앞으로 살 수는 있나, 다른 삶이 있을 수나 있나. 내 앞에 보이는 건 끝없는 사막뿐, 건너편의 다른 삶이 어떤 모습일지 짐작조차 할 수 없었다. 나의 '과제'가 또렷해졌던 어느 순간을 기억한다. 내겐 할 일이, 해내야 하는 일이 있었다. **나는 나를 낳아야 한다.** 아무도 방법을 알려줄 수 없는 나만의 거대한 과제 앞에서 공포와 막막함에 떨었다. 그러려면 얼마나 오래 견뎌야 할까, 얼마나 많이 울어야 할까, 얼마나 멀리 걸어야 할까, 얼마나 용감해야 할까, 얼마나 끈질겨야 할까. **나는 못 할 것 같아요, 도저히 못 할 것 같아요.** 언젠가의 일기.

초기의 '레슨' 중 하나는 바로 이런 식으로 사고하면 안 된다는 것이었다.

곧 배웠다. 미래를 생각하는 건 금기였다. **사막의 너비를 가늠하지 마라.** 과거를 생각하는 것도 금기였다. **네 가장 소중한 것을 뒤에 두고 너는 앞만 보고……** 내다보거나 뒤돌아보는 일 모두 자해였으므로 해서는 안 되는 일이었다. 하루씩만 살자, 하루씩만. 나의 만트라가 된 말. 하루를 보내는 건 어떤 의미에서는 '쉬웠다'. 내가 할 수 있는 일과 없는 일은 정해져 있었기 때문이다. 언제 자고 일어나고 먹을지, 무엇을 먹을지, 무엇을 할지, 무엇을 하면 안 되는지 그 모두를 알려주는 고통은 표지였고 조련사였고 온갖 세세한 것을 전부 통제하는 미친 관리자였다. 한편으로 고통이 정한 루틴은 내게 종교이기도 했다. 루틴만 믿고 따르면 언제나 구원받을 수 있기 때문에. 같은 시간에 일어나 같은 시간에 먹고 자는 일만 할 수 있다면 나는 무너지지 않은 것이다. 사라지고 싶은 마음이 드는 날도 루틴만 지켜지면 괜찮은 것이다. 그러면 아무도 눈치채지 못한다. 나 자신도 속일 수 있다. 신마저도 내가 괜찮은 줄 알 것이다……

그렇게 하루씩이었다. 지겨운 반복, 토 나오는 반복의 하루들. 나는 감옥을 떠올렸고, 등에 핀이 꽂혀 꼼짝 못 하게 된 곤충을 떠올렸고, 주인공이 눈을 뜨면 똑같은 하루가 반복되는 영화를 떠올렸다. 내 생활의 반경이 그리는 원은 점에 가까웠다. 몸이 허락한 그 작은 동그라미 안에서 나는 조금씩 할 수 있는 일들을 했다. 지금도 돌아보기 꺼려지는 검은 구멍 같은 몇 년이 있었다. 그림을 그리고 드라마를 봤다. 말이 돌아오고 있다고 느낀 몇 년이 있었다. "물에 빠져 죽지 않기 위해 헤엄치는 것처럼 읽었다."(메리 올리버) 내가 살아 있는 데 중요했던 말들을 한국어로 번역한 몇 년이 있었다. 번역 작업은 한때 손상되었던 내 언어 능력의 회복을 가늠하는 일이기도 했다. 지금 이 글쓰기는 침대와 책상을 오가며 적은, 조각난 메모들을 엮는 작업이다. 이 조각들을 연결할 에너지가 없었을 때 나는 기다려야 했고, 이 문장들은 매일 두세 시간 책상에 앉아 있을 수 있게 된 지금 이 몸에 의해서만 쓰일 수 있다. 앓기-읽기-쓰기는 너무도 겹쳐 있었다. 나으면서 읽었고 읽으면서 나았으며 나으면서 썼고 쓰면서 나았다. 나는 고통이 가르쳐준 주제에 관해, 오래도록 씹고 삼키기를 거듭해 내 살이 된 말들을 쓴다. 쓰기가 '그전'과 '그후'로 동강난 삶을 이어줄 것이기에 쓴다.

십몇 년의 시간을 몇 문단으로 정리하고 나니 거짓말을 지어낸 것 같다. 사실 회복은 선형이 아니라 상승과 하강을 거듭

하는 구불구불한 곡선이었다. 나는 일희일비했고, 아래를 향할 때마다 빠짐없이 절망했다(평정심이란 얼마나 익히기 어려운 미덕인가). 내 눈물로 채울 수 있을 거라고 생각했던 방들, 더는 방법이 없다고 확신한 밤들에 관한 이야기는 생략했다. 과거형의 문장들이 지금 내가 안전하고 단단한 땅에 도착했다는 환상을 주지만 그렇지 않다. 돌아보면서야 안다. 사막 건너편에서 날 기다리고 있는 그런 땅은 없었다. '다른 삶'은 이미 시작되어 있는 시간이었는지도 모른다. 병자들의 왕국에서 내가 걸은 발걸음 전부였는지도 모른다. 나는 변함없이 더듬으며 나아간다. 언제까지 계속할 수 있을지 아직도 의심하며 그럴 때마다 다시 **하루씩, 하루씩만**이라고 되뇐다.

말을 내보내는 일이 내게 중요해진 건 당연한 일이다. 배운 게 도둑질이며 그것밖에 할 일이 없었다고 자조적으로 말할 수도 있겠고, 병과 씨름하는 이의 강제된 고립이 언어와 씨름하는 이의 자발적인 고립으로 자연스럽게 이어졌다고 할 수도 있을 것이며, 버지니아 울프의 말마따나 '종잇값이 싸서 작가가 된 여성들'의 뒤를 따랐다고 설명할 수도 있을 것이다. 하지만 무엇보다 말을 짓고 공유하는 건 병으로 인한 단절과 외로움에서 벗어나고자 하는 거의 본능적인 반응이었으며 자아의 축소에 저항하는 방식이었던 것 같다. 내 몸은 갈 수 없지만 내 언어는 갈 수 있기 때문이다. 밖으로 몸을 쏟는 노력, 확장해나가는 몸짓, 다른 사람들을 향한 말 걸기로서의 글쓰기는 병의 수축시키는 힘과는 반대되는 힘을 지니기 때문에, 그리하여 앤 섹스턴의 말을 고쳐 쓰자면 '시는 자살의 반대말'○이기 때문이다. 그렇게, 병은 내게 언어와 이야기를 주었다. 추상, 뜬구름, 종이 위에 고정된 잉크 자국이 아니라 나를 부르고 잡아끄는 목소리이고 거의 만져질 듯한 힘의 흐름이며 날마다 조금씩 자라나는 물질인 말들을 주었다. 그리고 이건 병이 나와 내 삶을 어떻게 주조했는지에 관한 이야기의 일부일 뿐이다. "고통의 교육"은 과연 "**모든 것**에 관한 교육"(앤 보이어)이었기에, 병이 준 것들에 관해서라면 내겐 할말이 더 있다.

가장 먼저 떠오르는 건, (자의는 아니었으나) 내가 멈췄을 때 비로소 보게 된 세상의 아름다움이다. 아무데로도 향하지 않는 순간에 머물 때 세계는 전에 몰랐던 경이였다. 바다와 바람과 나무와 구름과 슈베르트의 소나타. 나는 보고 들었다. 처음인

○ 앤 섹스턴의 원래 문장을 번역하면 이렇다. "자살은 결국, 시의 반대말이다."

것처럼 보고 들었다. 또한 절벽 위의 선명함을 기억한다. 모든 게 더는 수수께끼가 아니었다. 한때는 그 직접성의 경험에 홀려 무슨 대가를 치르더라도 이걸 잃고 싶지 않다고 생각하기도 했다. 그리고 그 짧지 않은 시간 동안 내가 배우고 익히고 알게 된 것들이 있다. 자신에게 관대해지는 법. 숨만 쉬고 있어도 박수 칠 일이다. 기다리는 법. 그게 할 수 있는 일의 전부인 때가 있다. 제한 속의 자유로움. 내 몸이 정해준 한계 위에서 내가 할 수 있는 일, 하고 싶은 일, 해야 하는 일은 같은 것이다. 자신에 대한 앎. 나는 내가 어떻게 견뎠는지 안다. 내 몸부림을 안다. 다짐과 맹세를 안다. 내 밤의 꿈과 악몽과 기도를 안다. 무엇이 나를 지탱하는지 안다. 내가 끝까지 놓지 못하는 게 무엇인지 안다. 그렇게나 커다란 공포와 아름다움, 그게 모두 내 안에 존재할 수 있으며 내 마음이 그걸 버틸 수 있다는 걸 안다. 혹은 산산조각난 마음으로도 살 수 있다는 걸 안다. 지침이 된 기억. 미래에 대한 불안과 조바심, 과거에 대한 향수나 후회로 질식되지 않은 현재를 살아야 한다. 나의 최선이 닿은 곳이 여기임을, 여기, 오직 여기임을 믿는다. 쓰기의 기술 몇 개. 그건 앓기의 기술과 그리 다르지 않았다. 고독 속에 번창하기, 두 현실을 살기, 나만의 속도로 나아가기, 자신에게 분명해질 때까지 실험하기, 두려움 속에 계속하기, 불확실성 속에 계속하기, 더이상 못 할 것 같다고 생각하며 계속하기……

그 어떤 아름다움도 경이도 배움도 무의미해지는 밑바닥의 시간을 충분히 많이 겪고 난 지금, 이중 어떤 것은 더이상 내 마음을 밝히지 못한다. 한때 자부심을 가졌던 앎에도 무감해졌다. 병이 계속 악화되었다면 할 수 없을 소리라고 여기게 된 것도 있다. 그럼에도 이것들이 내 삶에서 가장 놀랍고 중요한 변화였다는 사실에는 변함이 없다. 내게 미미하게나마 존재하는 끈기와 단단함과 자신에 대한 믿음은 전부 아팠던 시간에서 왔다. 내 언어와 비밀과 사랑의 수원. 병의 시간은 내게 그렇게 남을 것이다.

나는 되고자 했던 게 되지 못한 것인가, 꿈을 이루지 못한 것인가, 원했던 삶을 놓친 것인가, 시간을 버리고 낭비한 것인가, 기회와 청춘을 빼앗겼는가, 상실뿐인가 뒤처진 것인가, 그 일이 없었다면 지금 나는 더 행복했을 것인가. 그래서, 다시 이 질문. **선택할 수 있다면 이 병이 없었길 원해?**

답을 해보자면, 그렇다, 병이 없었으면 좋았을 것이다. 건강했으면 좋았을 것이다. 시간을 되돌려 한 번 더 겪으라고 한다면 그냥 안 살고 말 것이며(우리가 인생을 한 번만 산다는 게 얼마나 다행인가), 아무리 눈이 번쩍 뜨이는 깨달음을 얻을 수 있다고 해도 다시는 그런 식으로 얻고 싶지 않다. 하지만 그렇다라는 답이 지금의 내가 사라져야 한다는 뜻이라면 대답을 못 하겠다. 다른 방식으로는 내게 오지 않았을 변화들 때문이다. 예기치 못했던 방식으로, 원하지 않았던 방식으로, 나는 태산이 시작된 곳과 대양의 가장자리를 보았다. 삶의 아이러니와 농담에 의해 나는 내가 되고 싶었던 사람이 되었다. 그렇다면 지금의 나를 만든 그 시간이 없었길 내가 어떻게 원할 수 있겠는가. 어릴 때 꿈꾼 대단한 인물이 아니라 **그저 내 자신을 조금 더 잘 견디는 사람**이 되었을 뿐이지만, 그럼에도 인간으로서 계속 살아야 한다면 나는 이 나로, 내가 겪어야 했던 모든 일을 겪은 바로 이 나로 살고 싶다.

'이 단체에서 오 년만 더 해보고 우리끼리 새로 단체를 만들어 키우자!'라고 루미—세상을 떠난 내 친구—와 의기투합했던 날을 생각한다. 그 나라에서 우리가 꾸었던 꿈을 생각한다.

내가 갔을지도 모르는 섬들, 건넜을지도 모르는 바다들, 배웠을지도 모르는 외국어들을 생각한다. 비행기에서 내려다보는 구름의 뒷면, 사랑하는 그 풍경을 지겨울 정도로 자주 봤을지도 모른다. 이 모든 것 대신 나는 질병의 왕국을 오래 떠돌았으며 고통의 언어를 익혔다. 그러나 내가 과거의 꿈과 계획을 돌아보는 때는 드물고, 돌아본다고 해도 회한의 감정이 아니다. 내 작은 세계 안에서 내가 출 수 있는 가장 큰 춤을 췄다는 걸 알기 때문이다. 그리고 난 이 춤이 남긴 내가 마음에 든다.

무에서 나오는 건

나는 마침내 본다.

내가 어둠—나를 내던진 그 어둠—으로부터 비틀어 짜낸
모든 지식이 무지만큼이나 무가치하다는 걸.
무에서 나오는 건 무다.
어둠에서는 어둠이 나온다.
어둠에서 나오는 건 고통이다.
그리고 우리는 그걸 지혜라 부른다. 그것은 고통이다.

_ 랜들 자렐「북위 90도」

그러나 파이에게는 여전히 그런 날들이 있을 것이다.

너무도 오래 바다 깊이 잠겨 있던 탓에 살점이 다 흩어진 형체로 나타난 아버지와 형에게 왜 구하지 않았느냐는 원망의 악몽을 꾸는 날이, 상어 떼에 찢기던 어머니의 비명 소리가 귓속에서 멈추지 않는 날이, 요리사의 목을 조를 때 속에서 치솟아오르던 악랄함에 자신이 지울 수 없이 오염되었음을 느끼는 날이, 자신의 지독한 생존에 몸서리치는 날이, 인간도 언어도 신도 아무것도 남지 않은 망망대해의 기억이 모든 빛을 삼키는 그런 날들이 있을 것이다.

고통에서 나오는 건 깨달음일까.

어둠에서 나오는 건 지식일까.

무에서 지혜가 나올까.

버지니아 울프,
작가-여성-병자의 초상

1

> 신이시여, 왜 제게 버지니아 울프의 재능은 주지 않으시고 정신병만 주셨나이까.
>
> _ 어느 트위터 사용자

어떤 사람들은 얇은 피부를 지녔다. 껍질을 잃은 달팽이, 건드리면 죽어버린다는 식물, 창문이 너무 많이 열려 있는 집 같다고 자신을 묘사하는 사람들. 나 자신이 달팽이가 된 후 나는 그들의 흔적을 도처에서, 다시 말해 편집증적으로 발견했다. 평생 조울의 격랑을 통과하며 살았던 시인 로버트 로웰의 시에는 "피부 한 층이 없는 채로 너무 많이 보고 느끼는 (…) 가엾은 남자"가 등장한다. 조울병이 있었던 또다른 시인 시어도어 렛키는 "나는 나 자신과 내 계절들을 안다. 나는 안다. 내게는 바스라지는 피부 하나가 있다"고 말하는 시를 썼다. 조울병과 조현병을 합쳐놓은 것 같은 병인 분열정동장애가 있는 어느 작가는 자신이 "피부가 없는skinless 사람" 혹은 "얇은 피부를 지닌 thin-skinned" 사람이어서 남들은 모르는 다른 세계를 감지한다는 말을 (다소 미심쩍게도) 영 능력자로부터 들었다고 한다. 평생 심각한 건강 문제를 안고 산 소설가 힐러리 맨틀도 자신이 "피부가 없으며" "모든 것을 느끼는" 사람이라고 한 적이 있는데, 작가가 되지 않았다면 점쟁이가 됐을 것 같다고 농담하기도 한 맨틀의 소설과 에세이와 회고록에 유령, 환영, 이계異系의 존재들이 그렇게나 자주 출몰하는 것은 우연이 아니고 아마 거짓도 아닐 것이다. 이천 년을 거슬러올라가 로마의 의사 갈레노스의 우울증 환자 중에도 얇은 피부를 지닌 이가 있었다. 이 환자는 자신이 껍질이 쉽게 으스러지는 달팽이 같은 것으로 변했기에 사람들을 모조리 피하며 살아야 한다고 했다.

두꺼운 피부를 갖지 못한 이들, 너무 많이 보고 느끼는 이 무리의 사람 중에는 물론 버지니아 울프가 있다. 어머니와 이부 언니의 죽음을 연달아 겪은 십대의 버지니아는 적었다. “삶은 힘든 일이다. 코뿔소의 가죽skin이 필요한데, 나에겐 없다.” 시간이 흘러 장편 『세월』을 출간한 오십대의 울프는 여느 출간 후 시기와는 달리 비평에 의연한 자신의 모습에 뿌듯해하며, 그러면서 그 작품에 대한 모든 비평이 그저 “코뿔소를 깃털로 간지럽히는 일 같다”고 쓴다. 버지니아 울프는 자신의 “기묘하고 까다로운 신경계”를 유전된 것으로 여겼다. “제 신경계는 아버지와 할아버지가 쓰던 걸 물려받은 것이지요.” 버지니아의 아버지이자 저명 문인이었던 레슬리 스티븐 역시 비판에 민감해서 언젠가부터 자기 글에 대한 비평을 아예 읽지 않았으며, 레슬리의 아버지(버지니아의 할아버지) 역시 “엄청나게 예민하고 불안한 사람”으로 비판을 들으면 몹시 괴로워해서 친구들이 말 꺼내길 겁낼 정도였다고 한다. 레슬리 스티븐도 자신의 ‘피부 없음’을 아버지에게서 물려받았다고 생각했다. “나는 나의 아버지처럼

'피부가 없다'. 과민하며 쉽게 자극받는다."

고백하자면 예전엔 버지니아 울프에게 그다지 관심이 없었다. 이십대에 페미니스트 필독서 중 하나로 『자기만의 방』을 읽었지만 1990년대의 페미니스트인 나에겐 너무 온화하게 느껴졌다. 슐라미스 파이어스톤의 『성의 변증법』이라든지 발레리 솔라나스의 「남성절단클럽 선언문」처럼 1960~70년대 제2물결 페미니즘의 야심과 패기가 폭발하는 글에 환호하다가 1920년대 울프의 글을 읽으면 지나치게 에둘러 말하고 있다고, 남성 청자들의 반응에 신경쓰고 있다고 느껴졌다(집필 당시 울프의 일기를 보면 남성 친구들이 어떻게 받아들일지 실제로 꽤 신경쓰고 있다). 영문학 필독 도서라기에 『등대로』도 읽었지만 모호하기만 했다. 카프카의 간결하고 어둡고 송곳같이 찌르는 단편들이 좋았던 때다. 어쩌면 울프의 그 작품을 이해하기엔 내가 그저 어렸던 것인지도 모른다. 시간이 흐른다는 것, 무상無常, 기억을 쓴다는 것…… 내가 뭘 알았겠는가. 울프를 다시 만나게 된 건 나중에 내가 아프면서였다. 재회의 계기는 페미니즘이나 모더니즘 때문이라기보다는 그가 만성질환자, 아프면서 살아간 사람이었기 때문이었고 또한 아프다는 것을 쓴 사람이기 때문이었다.

내겐 버지니아 울프의 병 경험과 몸 경험이, 그리고 그런 경험을 말하는 울프의 언어가 대단히 흥미로웠다. 동질감과 친밀감을 느끼기도 했다(그러나 왜 제겐 병만 주셨나이까). 여기저기 자주 아팠고 '걱정이 많은 성격'이었으며, 추위를 못 견뎌 했고, 자신을 몸과 정신이 붙어 있는 사람이라고 여겨서 정신적 스트레스가 바로 신체적 증상이 되는 기전을 궁금해했고, 소음에 몹시 민감해서 귀마개를 즐겨 사용했다는 점까지 그랬다("귀마개는 내 인생도 바꿨어"). 나는 울프가 "경솔하게 내뱉은 두 단어만으로 죽고 싶어진다"거나 "핀에 찔린 듯한 미미한 자국이 한밤엔 커다랗게 벌어진 상처가 된다" 같은 일기를 적은 사람이라서 좋았다. 비호의적인 서평 하나에 괴로워하며 진통제를 마신 사람이라서 마음이 갔다. 울프가 자신의 과민함을 두꺼운 피부를 갖지 못했다는 말로 표현한 걸 읽었을 때는 동족을 발견한 기쁨을 느꼈다.

그래서 읽었다. 아, 읽을거리가 얼마나 많던지. 울프의 작품을 읽고 전기를 읽고 일기와 편지를 읽고, 끝도 없이 쏟아져나오는 울프에 관한 글과 연구물들을 읽고, 버지니아 울프를 소재나 영감으로 삼아 쓴 소위 '이차 창작' 소설들까지. 울프 부부가 키웠던 명주원숭이를 소재로 한 소설, 버지니아 울프가 죽을 때 모습 그대로 21세기의 뉴욕에 나타난다는 설정의 소설, 심지어는 로맨스 소설도 있었다. 여자 주인공이 매력적인 남자를 만나 그 남자의 사악한 전 부인의 모략에 맞서며 함께 버지니아 울프의 죽음에 얽힌 비밀을 파헤쳐간다는 게 줄거리였는데, 그 비밀이란 버지니아가 남편 레너드 울프를 떠나 연인 비타 색빌-웨스트와 함께하기 위해 자살을 가장했다는 것이다. 솔직히 이 책을 읽으면서는 내가 너무 멀리 와버렸다는 생각마저 들었다. 이렇게 하여 나는 그 무한히 많은 글들로 무한해 보이던 내 '수평 생활'○의 나날을 채우며 많은 시간을 죽일 수 있었으며, 울프에 대한 갖가지 정보가 머리를 채우면서 내겐 후기 빅토리아시대부터 제2차세계대전까지의 영국사와 세계사와 예술·사회사를 버지니아 울프의 생애사와 나란히 놓아 보는 버릇이 생겼다. **1차세계대전이 발발했을 때 울프는 인생에서 가**

○ 스위스 산속 결핵 요양소를 배경으로 하는 토마스 만의 소설 『마의 산』에 나오는 말이다. 누워서 요양하는 시간이 많은 그곳 환자들은 '수평 생활'을 하는 '수평 인간'들이라고 칭해진다.

장 위험했던 우울 삽화depressive episode**를 겪고 있었어. 토마스 만의 『마의 산』은 1925년 5월 『댈러웨이 부인』의 출간보다 반년쯤 먼저 나왔지. 1933년 나치당이 집권했을 때 울프는 여덟번째 장편소설 『세월』을 쓰고 있었다.** 그러다가 나는 울프 부부의 시골집과 그곳 정원에 얽힌 이야기를 풀어놓는 책 한 권을 번역해서 내기도 했다.

재미. 병자에게 재미란 귀중한 것이다. 괴로움 사이사이에 즐거운 순간을 만들어내고 그런 순간을 조금씩 늘려가는 게 낫는 일이라고 할 수 있을지도 모른다. 통증이 없어지는 것만이 낫는 게 아니다. 통증이 있어도 즐거울 수 있다면 나은 것이다(이건 나만의 주장이 아니라 통증 연구자들이 한결같이 하는 말이다). 이런 의미에서 버지니아 울프라는 이 흥미로운 인물과 그의 글들을 알아간 건 낫는 데 중요했고 '몸에 좋은' 일이었다. 일방적인 관계라고 할 수도 있겠지만 누워 보내는 시간이 긴 사람에게 그건 거의 유일하게 가능한 방식의 깊은 사귐이었다. 여느 우정에서 얻을 수 있는 기쁨이, 누군가를 알게 되고 마음속 그 사람의 자리가 자라나고 그럼으로써 내가 다른 사람이 되는 과정의 기쁨이 이 부재하는 이와의 우정에도 있었다.

치과 의자 위에서 오래 괴로운 시간을 보내야 했던 어느 해에 나는 이 동료 병자를 더욱 자주 불러냈다. 병자들이 모이면 하는 일을 하기 위해서였는데, 그 일이란 바로 다른 병자와 나의 고통을 비교하면서 '나 정도는 아무것도 아니야'라고 힘을 얻는 한편 '난 저 정도는 아니야'라고 치졸한 위안을 얻는 것이다(이미 오래전에 죽은 병자의 좋은 점은 그로부터 자기중심적인 위안을 얻으면서도 윤리적 갈등과 죄책감을 느끼지 않을 수 있다는 것이다). 이를 갈아내는 진동이 두개골을 울리고 잇몸이 잘려나갈 때 나는 20세기 초반 치의학의 미개한 수준과 버지니아 울프가 멀쩡한 이 세 개를 뽑았던 일을 떠올렸다. 치아 안의 박테리아가 전신 질환을 일으킨다는 '국소 감염 이론'이라는 것에 따른 치료로, 울프는 계속되는 고열과 부정맥 문제를 해결하기 위해 의사의 권고에 따라 치아를 제거하며, 치근에 모여 있는 병균을 추출하여 만들었다는 백신을 맞기도 한다. 그리고 당시의 치과학에 관한 어느 논평에 따르자면 "가장 트라우마를 안 겨주는 치과 처치"였던 그 치료에 효과는 없었다.

너무 짜증나요. 평생 남을 수 있었던 이 세 개를 뽑았는데 체온은 여전히 높아요. 다음번엔 의사들이 내 편도선을 자를 거고 그다음엔 아마 인두편도를 자를 거고, 그다음엔 맹장, 또 그다음엔 뭘 더 자를까요?

임플란트 기술이 없던 시대, 부분틀니를 끼었다 뺐다 하는 신세가 된 울프는 지인에게 보내는 편지에서 울화통을 터뜨린다. 버지니아 울프의 사라진 이를 떠올리면 내 공포는 몸집을 줄였고, 그로부터 백 년 후의 치과 의자 위에 누워 있다는 게 문득 다행스러워졌다. 그뿐만이 아니었다. 이 병자-작가는 내게 같이 있을 말들을 줬다. 저 끔찍했던 발치 삼 년 후에 쓴 에세이 『아프다는 것에 관하여』에서 울프는 특유의 달변을 발휘하여 자신의 치과 경험을 극화한다.

치과 의자에 누워 이를 뽑을 때 우리가 어떻게 죽음의 구덩이에 빠져 머리 위로 절멸의 물이 차오르고 있다고 느끼다가는 천사와 하프 연주자들이 곁에 있다고 생각하면서 일어나는지, 수면 위로 올라와서는 의사의 '입 헹구세요—입 헹구세요'라는 말을 천국 뜰에서 신이 허리 굽혀 우리를 맞이하는 소리로 착각하는지.

겁먹은 내가 중년의 나이에 퇴행하지 않고(다시 말해 안고 있을 인형 같은 걸 줄 수 없냐고 병원 직원에게 묻고 싶었지만 참아내고) 치의학적 고난을 견딜 수 있었던 건 울프가 자신의 고통스럽고 분통 터지는 경험에서 증류해낸 이 유머 어린, 자기 연민 없는 문장을 읊고 쓰기의 모범이자 치과 치료를 위한 기도문으로 삼았기 때문이다.

류머티스성 관절염 환자로 통증에 관한 에세이들을 쓴 소냐 후버는 「병자들의 왕국에 오신 걸 환영합니다」에서 말한다. "아픈 이들의 영토에 있는 수많은 사람만이 나를 이렇게 깊이 이해하며, 나를 위로하고 나를 손짓해 부른다. 아픈 이들은 실재하며 생생하게 살아 있다." 오래 아파본 사람은 안다. 건강한 이들의 영토가 아득히 먼 곳이거나 이제 돌아갈 수 없는 땅일 때 위로가 되는 건 다른 병자들이라는 걸, 긴말 없이도 병자를 깊이 이해하는 건 다른 병자들이라는 걸, 병자에게 누구보다 생생하게 현존하는 건 다른 병자들이라는 걸 말이다. 그러니 "아플 때, 아픈 이들의 왕국이 얼마나 거대한지 생각하라. 여기 있는 우리 모두를 생각하라." **여기 있는 우리 모두를 생각하라.** 나는 그렇게 했다. 언젠가 내 친구—살아 있고 실재하는 친구—가 울프는 아픈 여자들의 수호성인이라고 한 적이 있는데, 내겐 정말로 그랬다. 버지니아 울프는 나의 부재하는 친구였고 동료 병자였으며, 부재하기에 모든 곳에 있을 수 있는 나의 수호성인이었다.

2

> 나를 창백하고, 퇴폐적이고, 무기력하고, 쇠약하고, 젠체하는, 물 탄 듯 묽은 피를 지닌 인텔리로 폄하하지는 마!
>
> _ 버지니아 울프의 편지

이렇게 쌓아온 지식과 정보와 친분(?) 때문이었을 것이다. 널리 퍼져 있는 버지니아 울프의 이미지와 생애 서사를 마주칠 때마다 반박하고픈 마음이 점점 맹렬해진 건 말이다. '정신병에 시달리다가 자살했다'는 흔한 소개말, 스무 살 때의 옆모습 사진이 대표하는 섬세하고 여려 보이는 이미지, 불행의 연쇄(어머니의 이른 죽음-정신병 발병-이부 오빠들의 성추행-트라우마 증상으로서의 동성애와 '불감증'-자살)로 이루어지는 인생 서사. 나는 버지니아 울프의 생애를 "서러운 이야기"라고 요약한 박인환의 시구가 새삼스레 거슬렸다. 감상적이고 염세적인 시의 분위기를 만들어내는 데 울프를 동원한 것도 마음에 들지 않았고, 여성 작가의 삶을 술자리의 안줏거리—"한 잔의 술을 마시고 우리는 버지니아 울프의 생애[를] (…) 이야기한다"—로 삼았다는 것도 음침하게 느껴졌다. 나는 투덜댔다. 사실 누가 더 서러운지 굳이 따져야 한다면 그건 울프 쪽은 아니지 않나. 언어 말살 정책을 겪은 식민지에서 벗어나기가 무섭게 다시 전쟁으로 초토화된 세계 최빈국에 살면서 그다지 훌륭하지 못한 한국어로 시를 썼던 시인의 인생이, 명망 높은 문필가 집안에서 태어나 셰익스피어의 나라이자 (다소 저물긴 했지만) 제국의 주요 작가가 된 이의 인생보다 더 서럽지 않을까. 그런데도 저런 구절을 썼다는 건 그 모든 격차를 가뿐히 지우고 자신이 누구인지를 알지 못하게 하는, 다시 말해 주제 파악을 하지 못하게 하는 성별권력의 작동을 보여주는 일례가 아닌가! 내가 시의 화자와 시인을 구분하지 않고 있으며 시 하나에서 의미를 과하게 읽어내는 것일 수 있다. 하지만 성찰되지 않은 남성 중심성이라는 한계가 인식의 한계가 되는 건 박인환의 버지니아 울프 작품론에서도 마찬가지다. "그[버지니아 울프]는 총명하고 남성에게 지지 않는 교양과 재능을 구비하고 특이한 작품을 남겼으나 결국 여류 작가였기 때문에 더한 의의를 가지고 있었다고 생각된다." '여자치고는 잘 썼다'는 것이다.

1950년대 남한이라는 시공간적 한계를 고려하지 않은 비난이라는 걸 안다. 또한 1941년에 울프가 자살한 후 영국에서도 꽤 오랫동안 그의 이미지는 실험적인 소설을 몇 편 남긴 '블룸스버리의 병약한 숙녀'에서 멀지 않았다는 사실을 덧붙여야 공평할 것이다. 그러나 내가 의아했던 건 지금까지도, 그러니까 1970년대 이후 주요 전기 자료들이 줄이어 출간되고 축적되었으며 버지니아 울프 연구자들과 페미니스트 문학 비평가들의 개입과 논의로 울프의 생애와 작품을 보는 관점에 커다란 전환이 있은 후에도, 그리하여 비정치적이며 여리여리한 유미주의자로서의 울프 상像이 진작에 무너진 현재에도 그가 '서러운' 삶을 산 인물로 소개되고 그의 자살이 여전히 인생에서 핵심적이고 대표적인 사실과 장면으로서 끈질기게 소환된다는 점이다. "태어나 살면서 우리가 생각하는 불행이란 불행은 모두 다 안고 있었던 사람 (…) 역사 속에서 이만큼 불행했던 사람이 있을까." "버지니아 울프는 결코 행복하지 않은 삶을 살았다. (…) '천재는 박명한다'는 운명의 사슬을 피하지 못했다." (이 인용들은 대표성 때문에 골랐다기보다는 최근에 마주친 자료라서 언급한 것이다.) 울프의 삶을 그렸다는 2022년작 그래픽노블을

펴자 첫 페이지가 자살 장면이었다. 책을 열자마자 강가에서 침울한 얼굴로 돌멩이를 집어들고 있는 울프를 보며 나는 외칠 수밖에 없었다. **또 죽어?**

할리우드 스타들이 출연한 흥행작이며 유수 영화제에서 수상하면서 대중이 기억하는 버지니아 울프의 초상에 크게 영향을 미친 영화 〈디 아워스〉(2002) 이야기를 안 할 수 없다. 예전에 봤을 땐 여성들의 시대적·사회적 고통을 다소 감상적으로 다뤘다는 게 싫었던 정도였지만, 나의 '버지니아-이후' 시기에 다시 이 영화를 보면서는 울프가 또다시 미친 여성 예술가의 스테레오타입으로 등장한다는 사실이 가장 크게 눈에 들어왔다. 울프의 자살 장면으로 시작하여 자살 장면으로 끝나는 이 영화에서 그는 줄곧 우울하고 불행하며 죽음을 향한 충동에 차 있고 혼자만의 세계에 침잠한 채 남들은 이해 못 하는 말을 중얼거린다. 울프의 단절과 고립을 지어내고 강조하기 위해 전기적 사실의 크고 작은 왜곡은 필수였다. 영민한 사회주의자, 활동가, 작가, 편집자였던 남편 레너드 울프는 버지니아가 자기 글의 첫 독자로서 늘 그 판단을 신뢰했고 "내 침범할 수 없는 중심"이라고 말할 만큼 굳건한 버팀목이 되어준 사람이지만, 이 영화에서는 버지니아를 이해하지 못하고 비난하기까지 하는 강압적이고 갑갑하며 다소 둔해 보이는 인물로 나온다. 버지니아의 언니 버네사 벨은 어린 시절부터 일찍이 화가의 길에 정진한 예술가이며 반규범적이고 보헤미안적 삶을 영위한○ 여성이었지만, 여기서는 런던의 백화점에서 쇼핑을 하며 버지니아의 키스 한 번에 소스라치는 앞뒤가 꽉 막힌 중상류층 부인으로 바뀌었다. 현실에서 유리된 여성 작가의 이미지에 들어맞지 않았을, 버지니아의 육체노동도 지워졌다. 울프 부부의 소규모 출판사에서 몇 시간씩 선 채로 활자 조판 작업을 한 이는 수전증이 심했던 레너드가 아니라 버지니아였지만, 영화에서는 레너드가 조판을 한다. 그리고 무엇보다, 버지니아 울프는 아름답게 (두 번) 죽는다. 새가 지저귀는 봄날, 강가엔 풀과 나무가 우거지고 물 위에 햇빛이 눈부시게 반짝이는 "그림같이 목가적인 풍경" 안에서 자살한다. 그러나 사실 울프가 죽은

○ 버네사 벨이 실제로 살았던 모습을 빅토리아시대 사람인 그의 부모가 봤다면 경악했을 것이다. 버네사는 남편과 열린 결혼 관계를 유지하며 동료 화가인 동성애자 남성 덩컨 그랜트와 시골 농가에 자리를 잡고 함께 작업하며 세 아이(남편과의 사이에서 낳은 두 아이 그리고 덩컨 그랜트와의 사이에서 낳은 아이)와 같이 살았다. 버네사와 그랜트가 손수 꾸민 집에는 주말에 버네사의 남편이 방문할 때 머물 방이 마련되어 있었고 그랜트의 애인이 함께 지내기도 했다.

때는 아직 추운 잉글랜드의 3월이었고 그가 죽은 곳은 "유속이 너무도 빨라서 헐벗은 강둑에 아무것도 자라지 않는, 위험하고 흉한 강"이었다.

이런 인물 설정과 묘사에 콧김을 뿜은 건 나만이 아니었다. "그 코가 정말 싫었다" "정말 흉한 코" "길게 늘인 가짜 코" "니콜 키드먼은 자기 얼굴 한가운데에 달려 있는 그 '물건' 때문에 분명 괴로워하는 듯 보였다". 2002년 〈디 아워스〉 개봉 당시 버지니아 울프를 연구하는 학자들이 앞다투어 '코'를 성토한 건 영화의 분장술에 트집을 잡는 것이었다기보다는 이런 말을 하고 싶었던 것일 테다. "이 웃긴 코를 단 여자가 버지니아 울프랑 무슨 상관이 있다는 것인가." 학자들은 울프를 영화 앞뒤로 물에 빠뜨린 것에도 탄식했지만("오 세상에, 울프를 꼭 두 번이나 익사시켜야 했을까?"), 무엇보다 울프를 보는 관점을 바꿔온 그간의 많은 연구자의 노력이 훼손되지 않을까 염려했다. "이제 오천만 명의 미국 관객이 버지니아 울프를 물에 들어가 자살한, 갈색 옷을 입었던 여자로 기억하게 됐다." "이 영화는 정치적 지성 또는 사회적 비평력을 울프의 삶에서 비워버리고 그를 죽을 수밖에 없는 운명이며 현실감이 없고 미친 희생자의 위치로 돌려보낸다." "버지니아 울프를 이런 신경증적이고 자살 충동에 차 있는 (…) 여성으로 제시한 긴 역사가 있으며, 오랫동안 울프 연구자들은 그에 맞서는 작업들을 해왔다. 이 같은 울프의 이미지는 오래전에 이미 사라졌어야 했다."

물론 이 영화는 버지니아 울프의 전기 영화가 아니며, 영화는 실제 인물을 재창조할 수 있다. 그러나 문제는 실제 인물의 허구화라기보다는 여성 희생자로의 허구화다. 왤까, 전기를 한 권만 읽어봐도 버지니아 울프가 살았던 삶의 풍부함과 그의 성취가 가장 인상적으로 남는데. 소설가, 비평가, 에세이스트, 페미니스트, 평화주의자, 출판업자, 또 그 밖의 많고도 많은 것이었던 울프. 그 창조성, 독창성, 아프지 않은 해엔 한 해에 삼백삼십 일씩 매일 규칙적으로 일하며 글을 쏟아낸 자기 규율과 집중력과 생산성, 시대정신을 선도한 친구들의 그룹, 관계에서의 실험, 사회 활동, 각종 모임, 런던과 시골을 오가는 일상, 산책, 정원, 여행, 음악, 담배, 스포츠. 울프는 당대에 인정받고 대중에게도 외면받지 않았던 작가로, 가장 권위 있는 울프 전기 중 하나인 허마이오니 리의 책에는 '부와 명성'이라는 제목의 챕터가 있다. 울프의 일기에는 보통 사람들과 마찬가지로 부정적인 감정의 토로만큼이나 평범한 행복, 때론 지극한 행복의 고백도 드물지 않다. "내 생각에 아마 열 명 중 아홉은 내가 거의 항상 느끼는 행복감을 일 년에 하루도 느끼지 못할 것이다." "정말 바쁘고 정말 행복하다. '시간아 멈춰다오'라고 말하고 싶을 뿐이다." 울프의 수다, 장광설, 독설, 유머, 가십, 폭소는 지인들 사이에서 유명했다. 한번은 언니 버네사가 이렇게 불평했을 정도다. "버지니아가 여기 왔고, 물론 기가 막히게 웃겼어. 하지만 난 정상적인 대화를 좀 하고 싶더라고."

이 모든 것에도 불구하고 어째서 울프는 비극적 인물로 끈질기게 고정되는 걸까? 인생 전반부에 겪은 몇 번의 위기가 왜 그 인물을 대표하는 이야기가 될까? 왜 죽음이 그의 처음이자 끝일까(꼭 두 번이나 익사시켜야 했을까)? 왜 울프의 자살은 거의 페티시즘으로 보일 만큼 구체적인 장면으로서 반복 재생될까? 다른 '불행한' 남성 작가들을 떠올려보라. 평생 허약한 몸 때문에 고생했고 '동성애 성향'이 있었으며 소음을 없애려 방 전체를 코르크로 도배한, 예민한 걸로는 둘째가라면 서러운 프루스트는 어떤가? 알코올중독과 우울증에 시달렸으며 엽총으로 자살한 헤밍웨이는? 자해하듯 술을 마시고 흡연했으며 심각한

성적 불안에 시달린(자신의 성기가 작다는 생각에 사로잡힌 나머지 처음 만난 사람에게도 그 얘길 꺼낼 정도였다고 한다) 스콧 피츠제럴드는? 수십 년간 우울증으로 몇 차례 자살 시도를 하고 전기 자극 요법 치료를 받기도 하고 병원 입퇴원을 반복하다가 결국 목매어 자살한 데이비드 포스터 월리스는? 이들 남성 작가들의 생애는 '서러운'이라는 형용사로 수식되지 않는다. 고통과 죽음이 그들의 삶을 정의하지 않는다. 자택 포치porch의 들보에 자신의 검정 가죽 벨트로 목을 매서 자살했다는 죽음의 세세한 정황이 그 작가에 대한 주요한 이야깃거리가 되지 않는다.

2017년 스페인의 한 패션지는 버지니아 울프, 앤 섹스턴과 더불어 "자살한 미친 여성 문인 클럽"의 또다른 스타라고 할 수 있는 시인 실비아 플라스의 **패션 아이템**으로 가방, 코트, 선글래스와 함께 분홍색 가스 오븐 사진을 실었다.○ 자살 도구가 미美

○ 이 기사는 2019년에 뒤늦게 소셜미디어에 언급되면서 논란이 된다(https://www.nylon.com/glamour-espana-sylvia-plath-suicide). 2013년에도 유사한 사건이 있었다. 문화 잡지 『바이스Vice』는 '여성 작가Women in Fiction' 특집호에 「유언Last Words」이라는 패션 기사를 낸다. 이 기사는 버지니아 울프, 실비아 플라스를 비롯해 자살하거나 자살을 시도한 여성 작가의 자살 장면을 모델이 재연한 사진을 실었다(예를 들어 버지니아 울프 페이지에는 강물에 들어가고 있는 여성 모델의 사진이 있다). 심지어 이 자살중(!)인 모델들이 어느 브랜드의 제품을 입고 있는지도 함께 표기되어 있었다. 비난의 목소리가 커지자 『바이스』는 사과문을 내고 기사를 온라인에서 내린다.

의 도구가 되는 기괴한 전도顚倒! 희생자-여성-작가로서의 초상이 사라지지 않는 건 많은 경우 그저 관성이나 지적 게으름 때문일 수 있다. 예술가들의 고통과 고난이 언제나 흥미로우며 관심을 끌어모으는 화제이기 때문일 수도 있다. 그러나 한편으로 거기엔 다른 차원의, 젠더화된 끌림이 있다. "우리가 여성 희생자들을 얼마나 사랑하는지. 아, 우리가 정말 그들을 얼마나 사랑하는지." 도리스 레싱은 영화 〈디 아워스〉를 두고 정확하게 개탄한다(나는 레싱이 사용한 '우리'라는 주어의 정직함이 좋다. 여성 희생자를 사랑하는 게 남성들만은 아니기 때문이다). 그렇다. 우리는 고통받는 여자를 사랑한다. 그들에게서 눈을 떼지 못한다. 그들에 관해 이야기하기를 멈추지 못한다. 나아가 그런 초상은 가부장제 사회의 문화와 예술이 몰두하고 개발하고 정교화해온 도상·서사의 역사와 닿아 있다. 19세기 화가들이 집착하며 그리고 또 그렸던(그래서 물에 빠지고 또 빠졌으나 결코 물에 불은 모습인 적은 없었던) 오필리아, 미치고 병들고 자살하고 비참하게 죽은 그 수많은 문학작품과 오페라와 영화 속 여자 주인공들이 계보를 이루는 역사, 여성의 질병과 수난과 죽음이 아름다움을 생산하고 드라마를 추동하고 클라이맥스를 이루고 감정적 스펙터클과 카타르시스를 제공하는 예술의 역사. 우리의 사랑은 이 오래되고 화려한 역사의 자장 안에 있다.

헤밍웨이의 엽총이나 데이비드 포스터 월리스의 가죽 벨트는 남성지에 패션 아이템으로 소개되지 않을 것이다. 은은한 달빛이 포치 위에 곱게 내려앉은 밤에 월리스가 목을 매는 장면으로 시작해서 목을 매는 장면으로 끝나는 영화, 그 장면의 **미적인** 요소가 아련하고 가슴을 휘젓는 슬픔을 증폭하도록 구성되고 배치되는 영화는 상상되지도, 만들어지지도 않을 것이다. 이 사실의 함의는 결코 사소하지 않다. 제정신이 아니고 (죽었기에) 의식이 없고 행위할 수 없고 모든 통제력을 잃고 운명에 찢긴 여성을 향한 매혹은 여성 혐오의 극단이다. 여성의 수동성과 고통과 죽음에서 미학을 발명한 가부장제 사회의 도착이다. 그리고 **우리**가 이런 여성 희생자의 초상을 놓지 못한다는 건 어쩌면 우리 자신이 의식하고 있는 것보다 훨씬 더 끔찍하고 자기파괴적인 일인지 모른다.

3

나를 계속 용감하게 만드는

그 공포를

내가 절대 잃지 않길.

_ 오드리 로드 「지점Solstice」

버지니아 울프의 첫 '발병'은 잘 알려져 있듯 1895년 그가 열세 살 때 어머니가 세상을 뜬 후였다. 이때 버지니아는 발작적으로 강렬해진 지각, 몹시 빠른 맥박, 대인공포 등 몸과 정신의 이상과 쇠약을 겪으며 쓰고 싶은 욕망이 사라진 상태로 몇 년을 보낸다. 다음의 중대한 위기는 버지니아가 스물두 살 때 아버지의 죽음 후에 왔다. 심한 두통과 함께 환청—"온갖 난폭한 일들을 하라고 시킨 그 모든 목소리들"—이 시작됐다. 버지니아는 음식을 거부했으며 창밖으로 뛰어내리기까지 한다(이층 창이어서 크게 다치진 않는다). 몇 개월 만에 회복한 그는 신문과 잡지에 에세이와 비평을 싣기 시작하면서 글 쓰는 사람으로서의 커리어를 시작한다.

그다음 고비는 삼십대 초반의 이 년 정도로, 버지니아 울프의 인생 전체에서 (죽음으로 이어진 마지막 위기를 제외하면) 가장 위험했다. 레너드 울프와의 결혼, 사는 곳과 일상의 급격한 변화, 경제적 압박, 바쁜 일정 등 여러 스트레스 요인에 더해 버지니아의 첫 장편소설인 『출항』 후반 작업의 압박과 출간에 대한 불안이 더해지면서 그의 정신건강은 악화된다. 두통, 불면, 음식 거부, 우울이 심해진 울프는 요양소에서 몇 주를 보내고 나오지만 상태는 더 나빠져 있었고, 1913년 9월 수면제 백 알을 삼킨다. 이때는 죽음에 아주 가까이 갔었다. 병원으로 실려가 위세척을 받은 그는 이틀이 지나서야 혼수상태에서 깨어난다. 천천히 회복하는 듯 보이다가 다시 1915년에 환시와 환청을 동반한 또다른 삽화가 온다. 절망적인 우울에 잠겨 있던 1913년과는 달리 1915년의 이 시기엔 버지니아가 대단히 흥분한 채로 며칠간 자지 않고 쉬지 않고 떠들다가 정신을 잃는 조증을 보였다고 레너드는 기록한다. 병으로 미뤄졌던 『출항』의 출간 직전이었다. 3월, 책이 나오고 호평을 받지만 버지니아는 최악의 시기를 통과하고 있었다. 4월, 요양소 책임자는 버지니아의 정신이 전부 소진된 듯 보이며 정신뿐 아니라 인격까지 영구히 손상되었다고 말한다. 6월, 언니 버네사는 "버지니아의 뇌가 다 닳아버린 것 같다"는 편지를 쓴다. 이 시기의 발병 땐 이렇듯 가족조차 그가 작가가 되는 건 고사하고 제정신으로 돌아오기나 할지 확신하지 못했다.

그로부터 십여 년 후 소설 『댈러웨이 부인』에서 자신이 겪은 '광기'를 재료로 하여 전쟁 트라우마를 겪는 참전군인의 내면을 그려낼 때, 울프는 그 일을 "바다 아래로 들어가"고 "익사한 선원처럼 세계의 해안가에 쓰러져 있"고 "삶에서 죽음으로 건너가"고 "죽음을 통과"한 것으로 묘사했다. 세계의 경계, 생사의 국경지대를 헤매는 경험이었던 것이다. 그러나 그런 한계 경험에서 이번에도 버지니아는 돌아온다. 몇 개월이 지나 10월이면 그는 간병인이 편지를 길게 못 쓰게 감시하고 있다고 투덜대며 농담하는 편지를 친구들에게 쓰고 있다. 조금씩 다시 집필을 시작한 울프는 사 년 후 두번째 장편 『밤과 낮』을 내고, 다시 삼 년 후 마흔 살에는 『제이콥의 방』을 내면서 모더니즘 작가로서의 면모를 드러내며, 그렇게 꾸준히 평생 총 아홉 편의 장편소설을 쓴다. 울프는 자신이 마흔 무렵에야 자기 목소리로 말하는 법을 찾았다고 쓴 적이 있는데, 우리가 아는 가장 독창적인 작가 버지니아 울프는 이렇게 경계의 시공간을 통과해 돌아온 후의 인물이라고 할 수도 있을 것이다.

그후 쉰아홉(그는 박명하지 않았다)에 세상을 뜨기까지 울프는 이십오 년간 작가로서 생활인으로서 번창한다. 경계를 넘어가는 일은 그의 죽음에 이를 때까지 없었다. 버지니아 울프는 자신이 병 때문에 총 오 년을 낭비했다고 계산한 적이 있는데, 이 사실을 언급하면서 한 전기 작가는 "울프에 관한 대중의 기억에서 그가 제정신이었던 상태보다 광기가, 오십오 년보다 이오 년이 더 영향력 있는 것 같다"고 짚는다. 중요한 지적이며 나도 동의하지만, 그렇다고 울프가 나머지 시기에 병과 상관없이 산 것은 아니다. 조울병, 즉 조증과 울증이라는 양극단으로의 기분 변화가 번갈아 나타나는 이 질환은 그의 병이고 조건이었다.○ 몸과 정신의 기복은 평생 계속됐다. 우울과 불안과 두

○ 허마이오니 리의 전기는 버지니아 울프의 병에 관한 총체적인 관점을 준다. 허마이오니 리, 「10장: 광기」,『버지니아 울프』, 정명희 옮김, 책세상, 2001, 346~394쪽을 참조하라. 캐러매그노의 책은 울프의 병이 조울병이었다는 관점에서 병과 작품을 연결하여 분석한다. Thomas C. Caramagno, *The Flight of the Mind: Virginia Woolf's Art and Manic-Depressive Illness*, University of California Press, 1992.

려움의 시간, 울프가 일기에 "깊은 물" "우물" "거대한 우울의 호수" "어두운 지하세계"로 하강하는 때로 묘사한 시간은 주기적으로 찾아왔다. 두통, 열, 피로, 메스꺼움, 빠른 맥박, 불규칙하게 뛰는 심장 등 여러 신체 이상 증상도 줄곧 따라다녔다.

특히 작품을 퇴고하고 출간하는 후반 작업 단계에서는 언제나 기분이 저조해졌다. 울프는 쓸 말이 떠오르지 않아 괴로워하는 작가는 아니었다. 오히려 아이디어가 넘치는 편이었고 소설 전체가 잡힐 듯 다가와 집필을 시작하는 때도 드물지 않았다. 보통 작업 초반엔 즐거워하면서 열정적으로 초고를 썼지만 원고를 마무리하고 수정하면서 (남편 레너드의 표현에 따르자면) "고문"이 시작되곤 했으며, 이 괴로운 시기는 책을 출간하고 비평을 마주할 때까지 계속됐다. 집필은 몸과 정신을 소진시켰다. 버지니아 울프는 일찍이 "책 한 장 한 장이 불타오르게 하는 그런 글"을 쓰겠다는 드높은 포부를 품었던 야심가였다. 지독하게 고치고 또 고쳐 쓰는 완벽주의자였다. 안주하는 일 없이 각 작품에서 매번 새로운 실험을 한 모험가였다. 그리고 그만큼이나 책을 완성해 세상에 내보내고 자신을 드러내야 한다는 공포는 더욱 컸다(여성 작가라는 사실도 이 같은 두려움을 가

중시켰다). "이 진주들을 건지기 위해 뛰어들어야 하는 공포의 바다란!" 첫 소설이 나오기 두 달 전 일기다. 형편없는 작품을 쓴 게 아닐까 하는 불안에 더해 말이 되는 걸 쓴 건지, 자신이 붙잡고자 한 비전을 제대로 붙잡았는지, 그리고 그 비전이 소통이 될 것인지 하는 두려움은 이처럼 첫 장편의 출간을 앞두고 그랬듯 이후로도 그의 건강에 위험 요소가 됐다. 글쓰기는 울프를 살게 하는 것이었고 기쁨의 원천("내가 아는 가장 큰 기쁨" "황홀경")이었지만 한편으론 그렇게 그를 다시 위험으로 몰고 갈 수도 있는 것이었다. "[소설 쓰는 작업은] 인생의 비참함을 줄여주지만, 그러면서도 스트레스를 너무 줘서 완전히 행복하게 만들어주지도 않아"라고 토로한 그의 편지는 집필의 힘겨움과 창조의 환희 사이에서 흔들리면서도 균형을 유지해야 한다는, 버지니아 울프가 평생 안고 간 어려움을 보여준다.

두통, 불면, 피로는 위기의 전조였다. 일상적 수준의 기분 변화가 심각한 삽화로 번질 수 있다는 신호였다. 이런 경보가 나타나면 버지니아는 글쓰기는 하지 않고, 누워 쉬고, 우유와 고기를 많이 먹고, 사람들을 적게 만나거나 만나지 않고, 런던을 떠나 시골집에 내려가고, 여행을 가거나 다른 가벼운 글을 쓰는 일로 옮겨갔다. 조울병 치료제인 리튬 이전의 시대였다. 사실상 이런 휴식 요법이 동원할 수 있는 거의 유일한 증상 완화 방법이었으며 실제로 효과도 있었다. 버지니아가 안정된 생활을 하는 데는 대단히 꼼꼼한 성격과 남다른 의지력의 소유자였던 남편 레너드 울프의 역할도 중요했다. 레너드는 헌신적인 간병인이었고 버지니아의 건강에 위협이 될 만한 요소—과로, 흥분해서 오래 떠드는 것, 사람들을 너무 많이 만나는 것, 와인 과음 등등—를 관리하는 감독자이기도 했다. 두통으로 또다시 침대에 누워 몇 달을 쉬어야 했던 어느 해에 버지니아는 친구에게 불평한다. "레너드가 차가운 오리 한 마리를 다 먹게 했고, 태어나 처음으로 체했어!" 예전에 동성 연인과의 열렬한 연애 사건으로 사람들 입에 오르내린 적이 있는 비타 색빌-웨스트의 별장에 버지니아가 처음으로 머물게 되었을 때 레너드가 걱정한 것은 두 사람의 감정이 친구 이상으로 발전하는 게 아니었다. 레너드가 비타에게 보낸 전갈은 이랬다. "한 가지만 부탁드릴 것은 버지니아가 밤 열한시엔 반드시 잠자리에 들게 해달라는 것입니다. 일 분이라도 늦어져서는 안 됩니다."○

그리하여 버지니아 울프의 일생에 걸쳐 패턴이 나타난다.

규칙적인 일과를 따르는 글쓰기의 나날이 한동안 지속되다가 긴장이 쌓이면서, 아니면 그저 신체 주기에 따라 소진되는 때가 오고, 이어 휴식-회복-쓰기로 돌아오는 일이 반복된다.

> 나에겐 회복력이 있다. 난 그 회복력을 시험해본 적이 있으며, 이제 오십번째로 시험하고 있다.

버지니아 울프가 마흔여섯이었을 때의 일기다. 울프의 병력에서 몇 번의 극단적인 사건이 주로 회자되지만 내게 인상적이었던 것은 이러한 반복이었다. 그는 열 번 스무 번 오십 번, 우울에서 벗어나고 아팠다가 회복하기를 거듭했다. 반복 속에 자신의 회복력을 인지했으며 가라앉았다가 떠오르는 법을 익혀갔다.

'여리여리한' 비극적 인물이라는 버지니아 울프의 초상을 비판하기 위해 그의 성취를 나열하고 행복을 발산하는 기록을

○ 그러나 버지니아가 밤 열한시 이전에 잠자리에 들었을 가능성은 낮아 보인다. 버지니아는 비타와 같이 밤을 보내며 그때부터 연인이 된다.

인용하다보면, 내가 울프의 약함을 지우고 그를 튼튼한 사람으로 제시하고 있지 않나 하는 의심이 든다. 울프가 병 때문에 겪은 어려움과 고통을 사소화하는 건 아닐까. 그의 방대한 분량의 일기에서 특정 논점에 들어맞는 부분만 잘라 붙이고 있진 않은가. 그건 또다른 편향이 될 것이다. 하지만 한편으로 울프의 병에 관해 이야기하자면 망설임이 올라온다. 울프가 '많고도 많은 것'이었다고 앞에서 기껏 말해놓고는 다시 그를 허약하고 병에 침식된 인물로 제시하게 되지 않을까 하는 걱정. 그와 나의 '교제'의 시간이 쌓여가며 내 안에서 점점 또렷해진 작가이자 **병자** 버지니아 울프의 초상을 말하고자 할 때 어렵게 느껴진 점이다.

울프는 분명 여러 정신적·신체적 취약함을 안고 평생을 살았다. 조울manic-depressive이라는 말로 자기 병을 설명한 적은 없지만○ 자신의 기복을 그는 물론 잘 알았다. 비타 색빌-웨스트

○ 반면 자신이 "거의 삼십 년 동안 버지니아의 정신을 대단히 집중해서 연구"했다고 자평하는 남편 레너드 울프는 의사들이 병의 본질이 무엇인지 제대로 알지 못했다면서 버지니아의 병이 "조울성 광기manic-depressive insanity"였다고 설명한다(Leonard Woolf, *Beginning Again*, p. 161). 버지니아를 진찰한 당대 정신의학의 권위자들은 '신경쇠약증neurasthenia'이라는 진단을 내렸다. 당시 신경쇠약증은 히스테리아와 비슷하게 여러 심인성 증상들을 포괄하는 병명이었다.

와 연인이 된 초기에 울프는 마치 자기소개를 하듯 이렇게 병을 소개한다. "내가 올라타서 요동치는, 진짜 멋지고 높은 파도와 지옥같이 깊은 심연에 관해 별로 얘기한 적이 없지. (…) 격렬하게, 끊임없이, 올라갔다가 내려갔다가." 양극을 오가며 사는 건 쉽지 않은 일이었다. "기분의 부침에서 오는 고통은 가늠할 수가 없고, 또 나는 그것을 설명할 수도 없다." 뒤바뀌는 몸과 마음의 상태를 울프는 의지력을 발휘해서 통제하려 노력해 보기도 하고, 이제는 그 작동 방식을 알 것 같다고 생각하다가도 다시 모르겠다고 좌절한다.

기복과 더불어 '두려움'은 울프 인생의 키워드라고 할 만하다. 어머니의 죽음으로 촉발된 쇠약 이전에도 이미 울프는 예민하고 겁 많은 아이로 통했다. 그는 많은 것을 두려워했다. 자기중심적인 사람으로 보이는 걸 두려워했고, 비웃음당하는 걸 두려워했고, 자기 글에 개인으로서의 자신이 드러나는 걸 두려워했고, 거울을 보는 것도, 새 옷을 사는 것도 두려워했다. 수십 년에 걸친 기록인 그의 일기에는 '공포terror' '무서움horror' '두렵다apprehensive' 같은 단어들이 종종 등장한다. 때때로 몰려오는 공포엔 이유가 있기도 하고 없기도 했지만, 울프의 가장 큰 두려움은 앞에서 보았듯 그에게 목숨과도 같았던 글쓰기에 관한 것이었다. 삼십대 초반에 겪은 그 최악의 시기에 관해 울프는 자신이 작가로서 엉터리라는 게 밝혀질지도 모른다는 공포가 자신을 무너지게 한 원인 중 하나였다고, 십수 년 후에 쓴 일기에서 짤막하게 언급한다. "아침에 눈을 떴는데 자신이 사기꾼이라는 걸 알게 된다면? 그건 내 광기의 일부였다. 그 공포는." 일기에서 비평 걱정은 끊이질 않는다. 울프는 친구와 지인들이 어떤 반응을 보일지, 비평가들이 뭐라고 말할지에 대해 매번 걱정하며, '누구는 이렇게 말하고 누구는 저렇게 말하겠지' 식으로 세세히 걱정한다. 안 좋은 비평에 괴로워하다가는 '신경쓰지 않는다. 내가 쓰고 싶은 것을 쓸 뿐이다'라고 마음을 다잡는다. 읽다보면 그만 좀 하라는 말을 하고 싶어질 정도다.

하지만 그렇다고 울프가 허약한 사람이었던가. '평생 정신병에 시달리며 살았다'는 식의 표현이 적절한가. 열세 살에서 스물네 살 사이에 버지니아는 어머니, 이부 언니, 아버지, 오빠를 차례로 잃었다. 이부 오빠들의 성추행도 있었다. 세상에서 제일 돌 같은 사람에게도 트라우마를 남길 만한 이 어두운 시기에서 그는 생존했고, 독립적인 삶을 개척해갔고, 이어 자신이 마주한 가장 큰 공포와 광기의 시간에서도 생존했다. 그후 병의 역사와 전기를 살펴보면 버지니아 울프는 오히려 별다른 치료제가 없던 시대에 여러 증상을 비교적 성공적으로 관리하며 살아간 병자가 아닌가 한다.

인생 후반에 그의 하루는 대개 이랬다. 오전에 세 시간의 글쓰기, 오후엔 원고 타이핑, 편지와 일기 쓰기, 손님 만나기, 모임과 외출, 독서, 그리고 무엇보다 산책. 아침에 몇백 단어를 종이 위에 쏟아낸 버지니아는 날씨에 아랑곳하지 않고 나가서 몇 시간씩 활보하며 머릿속으로 문장들을 곱씹고 지어냈다. 단단하게 조직된 일상은 오르내리는 기분과 신체를 붙잡아두는 안정의 앵커였고, 그가 병자이면서 그 밖의 많고도 많은 것일 수 있었던 풍요의 근간이었고, 그 자체로 만족의 원천이었다. "내가 얼마나 행복한지. 얼마나 평온한지. L과 함께 지금 이곳에서의 삶이 얼마나 달콤한지, 규칙적이고 정돈된 생활, 정원, 밤의 내 방, 음악, 산책, 수월하고 즐거운 글쓰기." 이렇듯 병을 포함해 자신이 마주한 상황들과 씨름하면서도 자신에게 딱 맞는 공간과 시간과 인간관계를 끈질기게 마련해가고 누린 사람에게 허약하다는 단어는 어울리지 않는다. 병에 시달리며 살았다는 말 역시 환자의 무력함을 지나치게 강조하며, 울프가 평범하게 — 다른 이들처럼 바쁘게 자기 일을 하며, 좋은 기분과 나쁜 기분과 보통인 기분을 오가며 — 보낸 대부분의 날을 지운다.

그러나 내가 하고픈 말은 '버지니아 울프가 멀쩡할 때도 많았다' '알고 보면 상당히 건강했다' 이상이다. 병자 울프를 말하고자 할 때 느끼는 어려움 앞에서 꽤 오래 머뭇거리며 내가 점점 깨닫게 된 건 이것이다. 그 어려움은 울프의 진부한 초상에 다시 기여할지 모른다는 염려에서도 오지만, 한편으론 병자의 삶에 대한 평면적인 이해가 만들어내는 제한에서 온다는 것. 다음과 같은 이해를 들 수 있을 것이다. 아프며 산다는 건 행복의 반대말이다, 병자의 인생은 고난과 동의어다, 아픈 삶은 덜한 삶이며 욕망, 성취, 성공, 쾌락, 즐거움 같은 단어들과는 상관이 없다…… 인간의 삶의 역동과 모순과 다면성을 방기하는 이런 관념에서 병자 버지니아 울프는 병자이므로 불행한 인물일 수밖에 없다. 거기엔 괴롭지만 행복하기도 한 나날, 곤경이 많지만 충만한 삶처럼 상충하는 듯 보이지만 공존하는 진실들을 사고할 공간이 없다.

특히 그 같은 일면적인 이해에서 취약함은 오직 약함이고 결함이다. 이런 틀에서는 울프의 그 많은 걱정과 공포가 정신적 허약으로만 읽힌다. 정신적 문제가 심각했다거나 그가 정상이 아니었음을 보여주는 증거로 보인다는 것이다. 하지만 울프의 취약함은 어느 정도는 생화학적인 근원이 있는 것이 아니던가. 다시 말해 그가 통제할 수 없는 것, 병이 아니던가. 그리고 여기서 그보다 중요한 건, 아니 무엇보다 중요한 건 취약함을 조건으로 이해하는 것이다. 병자가 대응하고 적응하고 분투하는 조건, 심지어는 그 위에서 행복하고 번창하기까지 할 수 있는 조건으로 말이다. 나는 그럴 때야 비로소 버지니아 울프(그리고 다른 모든 병자)의 삶을 말하는 합당한 언어를 찾을 수 있게 된다고 생각한다.

그런 언어는 더는 이분법을 원리로 하지 않을 것이다. 취약함을 비하하지 않을 것이다. 단어들을 재정의할 것이다. 가령 강인함은 무너진 적 없는 것이 아니라 계속 돌아오는 것이 될 것이고, 행복은 괴로움의 유무에 관한 것이 아니라 곤경을 수용하고 통과하는 기술에 관한 것이 될 것이며, 충만함은 즐거움만 가득하다는 뜻이 아니라 아픔도 기쁨도 전부 온전히 살아낸다는 뜻이 될 것이다. 또한 취약함을 결함으로 고정해두지 않는 그런 언어는 현상의 양가적인 이면을 함께 이해할 것이다. '진짜 멋지고 높은 파도와 지옥같이 깊은 심연'을 오가는 흔들림은 고통스러운 부침일 뿐 아니라 경험의 넓은 진폭일 수 있다. 남들보다 커다란 삶의 용량capacity이고, 인간에 대한 깊은 이해의 기반일 수 있다(일례로 앞에서 언급한, 『댈러웨이 부인』에 나오는 그 참전군인의 극단적인 사고와 내면을 울프가 얼마나 훌륭히 그려냈는지 보라). 얇은 피부와 과민함 역시 공포의 조건만은 아닐 것이다. 그것은 울프의 글 거의 모든 페이지에서 발견할 수 있는 강렬한 감각의 조건이고, 대상과 삼투함으로써 획득하는 직관과 통찰의 조건으로 이해될 수 있다. 한계 지점까지 나아가는 정신도 마찬가지다. 그것은 임상적 질환의 관점에서뿐 아니라 새로운 종류의 글쓰기, 울프의 천재성, 독창성과 연관되어 이해될 수 있을 것이다.

취약함이라는 조건과 그 위에서의 분투는 아직 언급하지 않은 버지니아 울프 인생의 또다른 키워드로 이어진다. 하강의 시간을 지척에 두고 살았던 사람, 공포에 자주 맞닥뜨렸던 이 사람에게 당연히 중요했던 것, 바로 '용기'다. 용기는 울프의 작품과 사적인 기록 곳곳에서 강조된다. 『자기만의 방』은 여성이 위대한 작가가 되기 위해 필요한 물질적 조건을 부각하는 글로 흔히 언급되지만 용기가 필수적임을 역설하는 글이기도 하다. "각자 연간 오백 파운드와 자신만의 방을 가질 수 있다면, 자유를 누리는 습관과 우리가 생각하는 바를 정확하게 쓸 수 있는 용기를 가질 수 있다면, (…) 그때 기회는 찾아올 것입니다." 특히 그 에세이의 다음 문장에서 나는 울프 자신의 오랜 고투에서 나온 개인적인 목소리를 듣는다. "삶은 고되고 어려우며 끊임없는 투쟁입니다. 그것은 어마어마한 용기와 강인함을 필요로 합니다." 『자기만의 방』에 감명을 받은 게 계기가 되어 울프와 교제하게 된, 작곡가이자 여성참정권 운동가인 에설 스마이스의 용맹함을 울프는 우러러봤다. "당신은 얼마나 용감한지. 불면의 어젯밤 나는 존경하는 마음으로 당신을 생각했어요." 그러면서 또 한 번 용기의 가치를 강조한다. "이제 저는 인간의 덕목 중 용기가 가장 위대한 것이며 우리가 전할 수 있는 유일한 선물이라고 믿어요." 용기는 울프가 일기에서 다른 사람들을 언급할 때 높이 평가한 덕목이었으며, 작가로서의 자신에게 중요시한 자질이기도 했다. "나는 얼마나 벌벌 떠는 겁쟁이인지. 하지만 작가로서는 아니다. 그렇지 않다." 울프는 두려움과 기복을 관찰하여 기록함으로써 객관화하고자 하는 일기들을 썼고, 자신에게 용기가 필요하다고 말하는 일기도 여럿 남겼다. 그런 일기 중에서도, 나아가 울프가 두려움과 용기를 말하는 모든 글 중에서도 내게 가장 강렬하게 남은 글을 끝으로 소개하고 싶다. 버지니아 울프가 다시 겪은 위기의 시기에 적은 일기로, 일 년여에 걸친 이 기록은 그가 어떻게 부침과 공포 속에서 작업하고 견디고 또 결단하며 어려운 시간을 통과하는지 그 자신의 말을 통해 보여준다. 내가 알게 된 작가-병자 버지니아 울프의 초상을 이루는 커다란 조각 하나는 바로 이 한 해 동안의 일기에서 왔다.

1936년 1월, 버지니아 울프는 쉰넷이었다. 오 년 넘게 작업해온 여덟번째 장편 『세월』 원고의 최종 수정에 착수하려는 참이었다. 갖가지 실험적인 아이디어와 함께 야심 차게 작업한 작품이었다. 영국 한 일가의 오십 년에 걸친 가족사의 순간들을 그린, 방대한 분량의 원고가 나왔다. 그러나 울프가 두번째 수정본을 완성하고 "책 쓰는 일이 이렇게 즐거웠던 적은 처음"이었다고 일기에 적자마자 다음날 두통이 온다. "한 단어도 쓸 수가 없다. 너무 심한 두통." 그때부터 시작이었다. 불안에 떨며 누워 있는 밤들이 늘어났다. 체중이 줄었다. 기분과 인지와 판단이 널뛰기를 했다. 하루는 자기 책이 "시시한 헛소리" "모호한 잡담" "내 자신의 노쇠를 보여주는 것" "이처럼 나빴던 적은 없다"며 비참해하다가 다음날엔 "충실하고 활기 넘치는 책"으로 보인다고 하고, 또 하루는 "완전한 실패"라며 절망에 빠졌다가 다음날엔 "내 최고의 책이 아닌가 하는 생각을 했다"며 판단을 뒤바꾼다. 버지니아는 다시 자신의 기복을 관찰하고 기록한다. "위아래로 오락가락" "좋은 날 다음은 나쁜 날, 그렇게 계속된다" "어제는 균형이 맞았다. 오늘은 내려간다". 레너드는 이번에도 중심을 잡아준다. 책이 엉망인 것 같다고 걱정하는 버지니아에게 이게 패턴이었음을 심상하게 상기시킨다. "늘 그랬잖아."

조울병에서 뒤바뀌는 건 기분만이 아니다. 지각, 인지, 판단, 신진대사, 수면 패턴, 에너지 수준, 인격까지도 극단적인 변화를 보인다. 환자의 고통 중 하나는 어느 상태에서 보는 현실이 참인지 알 수 없다는 것이다. 버지니아는 자신이 제대로 해냈는지 확신할 수 없는 채로 책을 완성하고 내보내야 한다는 두려움과 다시 맞닥뜨렸고, 그 두려움 속에서 끝이 없어 보이는 잘라내기와 다시 쓰기 작업을 해야 했다. 여기에 더해 『세월』 집필에는 소설이 정치선전물이 되어서는 안 된다는 울프의 예술관과 이 작품에 담긴 가부장제, 파시즘, 전쟁에 관한 정치사회적 입장이 충돌한다는 특수한 어려움도 있었다. 또한 파시즘의 확장으로 전쟁이 임박해 보이던 정치적 대기라든지("우리의 사적인 삶에 다시 총들이 얼마나 가까워졌는지, 묘한 기분이다"), 울프의 갱년기로 인한 신체 변화도 이때의 위기에 기여한 요소로 지적된다.

4월, 5월, 7월, 8월, 9월, 10월. 울프가 가장 힘들 때마다 그랬듯 이 달들에 일기는 비어 있다. 남아 있는 기록에서 볼 수 있는 건 집필의 고됨과 고통이다.

"그 가장 진저리나는 공습 장면에는 여전히 고칠 데가 많다."

"공습 장면을 거의 다 베꼈다. 분명 열세번째 수정 작업일 것이다."

"옥스퍼드 스트리트에 있는 엘리너 장면을 오늘 아침 스무번째로 작업했다."

"이 책만큼 힘들여 쓴 책이 없다."

"첫 부분부터 다시 시작해서 교정쇄 육백 쪽을 봐야 한다. 왜, 아아, 왜? 절대 다시는 안 한다. 절대로 다시는."

"원고를 수정해야 한다. 채워 넣어야 하고 『세월』 교정쇄 대부분을 지워야 한다는 뜻이다. 그러나 할 수 없다. 한 시간 정도만 할 수 있다."

"나만큼 글 쓰는 데 고통받는 사람도 드물 것이다."

몸서리치고 한숨 쉬고 속으로 비명을 지르며 괴로워하는 그의 모습이 거의 보이는 듯하다. 일기에서 또한 볼 수 있는 건 버지니아의 이를 악문 모습과 결의다.

"이제 육백 쪽을 고칠 때까지 달걀 위를 걷는 고양이처럼 살 것이다. 나는 할 수 있을 것이다. 할 수 있을 것이다. 하지만 그러려면 엄청난 용기와 부력/회복력buoyancy이 있어야 한다."

"침착하고 강인하고 담대하게, 이 책을 완성해야만 한다."

"오 예술! 끈기. (…) 나에게 용기와 끈기만 있으면 끝낼 수 있을 것이다."

"나는 『세월』에 집중해야 한다. 교정을 봐서 보내야 한다. 아침 내내 작업에 **정신을 집중해야 한다***must* fix my mind〔강조는 원저자의 것〕."

일기장에 이런 말들을 꾹꾹 눌러쓰는 일 자체가 마음을 다잡고 자신에게 주문을 거는 행위였을 것이다. 일기 쓰기에 더해 버지니아는 평생 시험해본 갖가지 방법을 다시 전부 동원하고 있었다. 그는 의사를 만나고 친구들은 안 만나고 초대를 거절하고 원고 청탁을 거절하고 마감일을 미루고 침대에서 쉬고 삼십 분을 일한 후 누워 있고 걷고 돌아와서 열 줄을 고치고 책 커버를 새로 씌우고 억지로 음식을 먹고 런던을 떠나고 여행을 가고 시골집에 내려가고 원고를 찬장에 치워두고 하루에 사십오 분만 일하고 진정제를 복용하고 산책을 하고 독서를 하고 레너드와 잔디 볼링을 한다.

지난한 열 달이 그렇게 지난다. 11월 초, 거의 완성된 원고의 첫 독자는 늘 그랬듯 레너드였다. "나는 교정쇄를 죽은 고양이인 양 L에게 가져가서 읽지 말고 태우라[고 했다.]" 자신 없어 하며 건넨 원고에 레너드가 눈물을 보이며 훌륭하다고 평결을 내리자 버지니아는 믿을 수 없어 하면서도 "기적"이라고 기뻐하며, 그 평결에 매달려 수정 작업을 마무리한다. 한 달 후 마침내 모든 작업을 끝내고 버지니아가 가장 먼저 한 일은 요리사에게 달려가 부엌 용품 쇼핑할 계획을 오후 내내 떠드는 것이었다. 그리고 그날 일기. "사실 나는 지독하게 우울한 나라는 여인에게 칭찬을 건넨다. 머리가 그처럼 자주 아팠고 그처럼 철저히 실패를 확신한 그 여인. 그 모든 것에도 불구하고 그는 일을 끝냈으므로 축하받아 마땅하다고 생각한다." 『세월』은 출간 전에 이미 오천 부 이상 판매되고 미국에서는 베스트셀러 목록에 오르는 등 울프 생전에 가장 대중적인 성공을 거둔 작품이 된다.

"1913년 이후로 이렇게 내 감정의 절벽에 가까이 있었던 적이 없다"고 버지니아가 고백했으며 "무서운 시기"였다고 레너드가 회고했을 만큼 힘겨운 일 년이었다. 그러나 또 한 번의 위기를 울프는 완전히 무너지는 일 없이 통과한다. 수십 년간 쌓아온 자기 몸과 정신의 작동에 관한 지식, 참조할 수 있는 과거 경험들, 개발하고 축적해온 대응책 등 병자로서의 숙련은 그가 버티는 데 핵심적이었을 것이다(돌보는 사람으로서 레너드의 숙련 역시 당연히 중요했을 것이다). 이듬해 출간 직전, 울프는 한 번 더 일기에 두려움을 고백한다. "노출된 순간들은 무섭다"고. 그러면서 이런 말을 한다. "이렇게 뜨거운 벽돌 위에서 춤추는 일을 죽을 때까지 계속해야 한다는 걸 안다." **죽을 때까지 계속 이렇겠지.** 지금까지 앓아온 역사에 근거해 미래의 자기 상태를 예상해보는 외삽外揷 추정은 만성적인 병이 있는 환자라면 누구나 하는 일이다. 이 문장에 담긴 수십 년의 시간, 반복, 어느 정도의 체념, 어느 정도의 각오는 존경스럽고, 또한 가슴 아프다.

나는 할 수 있을 것이다. 할 수 있을 것이다.

침착하고 강인하고 담대하게.

용기와 끈기만 있으면 끝낼 수 있을 것이다.

대단히 사적인 기록을 꺼내놓아서 버지니아가 나를 미워할지도 모르겠다는 생각이 잠시 들었을 만큼, 그토록 안간힘의 일기다(이미 오래전에 죽은 작가의 좋은 점은 그의 모든 말이 우리 손에 남겨졌다는 것이다). 나는 버지니아 울프의 날아오르는 언어를, 흐르고 파도치고 능란하고 정교하고 유려한 언어를 안다. 하지만 그만큼이나 오래 같이 지냈으며 내가 자주 불러낸 울프의 말은 바로 이 날아오르지 않은 언어다. 고통 속의 기록, 공포 앞에서 일기장에 간절히 적은 가장 단순한 자기 격려, 응원, 다짐의 문장들. 예전에는 이 문장들이 위대한 병자의 말이긴 하지만 위대한 작가의 말은 아니라고 생각했다. 그러나 이 면을 좀더 볼 수 있게 된 지금은 다르게 본다. 공포의 바다에서 진주들을 건져오기 위해 그에겐 이 단순한 말들이 반드시 필요했던 것이리라. 그렇다면 이 문장들 또한 위대한 작가의 말일 것이다.

✧

아픔, 쇠약, 고통에는 그 자체로 아름다울 게 없다. 내 뜻과 상관없이 벌어지는 일에 당하고 시달리는 수동성은 그저 비참하고 진저리나는 것이다. 만일 고통을 겪는다는 것에 아름다움이 있다면(그리고 아름다움이라는 단어를 굳이 써야 한다면) 그건 고통에 대한 우리의 대응과 적응에 있다. 내가 병자 버지니아 울프에게서, 또한 다른 모든 병자들의 이야기에서 발견하는

'아름다움'은 그런 능동성 외에는 없다.

버지니아 울프는 두려움이 많았다. 예민했다. 기분의 뒤바뀜에 흔들렸다. 몇 번은 무너지기도 했다. 그러나 그는 계속 돌아왔다. 세계의 경계로 쓸려가고 어두운 물속으로 가라앉았다가 다시, 다시, 또다시. 예순 해에 가까운 시간 동안 몇 번이고 몇십 번이고 어쩌면 몇백 번이고 작은 죽음과 작은 부활을 살아냈다. 몸의 순환과 증상들의 오르내림에 따라 둥실 떠올랐다가는 바닥으로 곤두박질치면서도 계속 생으로 귀환했다. 이런 사람을 그릴 수 있는 단어는 분명 나약함, 비극, 불행, '서러운 이야기'는 아닐 것이다. 나는 다른 단어들을 얻는다. 회복력, 부력, 적응력, 숙련, 끈질김, 강인함, 용기……

물론 우리는 끝을 안다. 버지니아 울프는 자살했다. 그는 '병에 진' 것인가? 해피엔딩이 아니기에 불우하게 산 사람이 되는가? 조울병은 병이며, 무섭고 지독한 병이다.◦ "다시 돌아오기에는 이번엔 너무 멀리 가버린 것 같아." 언니에게 남긴 유서에 울프는 썼다. **이번엔**. 그 한 번의 돌아오지 못함이 인생 전체를 검게 칠하는 결말은 아닐 것이다. 더이상 돌아올 수 없을 때까지는 계속 돌아온 게 아닌가.

한 해가 오고 또 오고 계속 올 거고. 아 이런, 시간은 너무도 길게 이어지고 그 긴 시간을 바라보면 늘 겁을 먹는 것 같다. 그래도, 용기를 내어 계속 나아간다.

다시 시간을 거슬러올라가면 열다섯 살의 버지니아 울프가 쓴 이런 일기를 마주친다. 어머니의 자리를 대신했던 이부 언니마저 갑작스러운 죽음을 맞이한 해의 일기장 마지막 페이지에 새긴 문장들이다. 그후 울프는 사십삼 년을 더 산다. 이 초년의 일기에 쓴 대로, 두려움을 마주하고 용기를 내고 계속 걸어가기로 결단하기를 거듭한 삶이었다. 그리고 죽기 두 달 전의 일기. "맹세컨대, 이 절망의 저점低點이 날 삼키지 못하게 하겠다." 그는 끝까지 온 힘을 끌어모으고 있었다.

몇 해 동안의 버지니아 울프 읽기를 통해 이제 나는 그가

○ 버지니아 울프가 자살한 1941년 3월 당시 그는 책을 완성한 후에 언제나 겪는 실패의 느낌에 우울해하고 있었다. 거기에 더해 독일군 전투기의 폭격이 이어지고, 울프 부부의 런던 집이 파괴되고, 시골집 주변에도 폭탄이 떨어지던 때였다. 나치의 영국 침공이 임박한 듯 보였다. 유대인이었던 남편 레너드와 버지니아는 독일군 상륙을 대비하여 자살 방법을 논의하며 자살에 쓸 아편을 구해두기도 한다. 기분의 저조가 없었더라도 어려운 시기였고 종말이 가까이 있는 듯 보인 때였던 것이다. 나는 이런 의미에서 버지니아 울프는 히틀러가 죽였다고, 울프가 세계대전의 희생자라고 생각한다.

물론 천사가 아니었으며 그만의 고약하고 심술궂은 면과 편견을 지닌 인간이었다는 걸 잘 안다. 그럼에도 울프와 재회한 순간부터 내 안에 그려지기 시작한 초상의 윤곽은 거의 변하지 않았다. 난파에서 생존한 사람, 죽음을 건넌 사람, 세상 끝에 가본 사람, 거듭 돌아온 사람, 경계에서 말들을 가져온 사람, 높은 곳과 심연을 오가는 거친 파도를 타며 산 사람, 많은 용기가 필요한 인생을 용감하게 산 사람. 여전히 그는 내게 병자들의 왕국 사람 중에서도 빛나는 둥근 광배光背를 머리 뒤에 달고 있는 동료 병자, 진정 성聖 버지니아다. 이런 버지니아 울프의 초상에서 용기—**우리가 전할 수 있는 유일한 선물**—를 전해 받은 내 시간을 생각하면 이 글을 그에게 바치는 기도문으로 끝내는 것도 과한 제스처는 아닐 것이다. (치과 치료를 위한 기도문과 더불어) 아마 내가 앞으로도 몇 번이고 더 되뇌게 될 기도문, 용기를 위한 기도문이다.

얇은 피부를 지닌 이들, 기분장애 환자, 두통 환자, 소규모 출판업자, 글 쓰는 여자들, 아픈 여자들의 수호성인 성 버지니아시여, 우리도 당신처럼 말할 수 있게 하소서. 새로운 고난의 한 해가 오고 또 올 것이고 죽을 때까지 뜨거운 벽돌 위에서 춤추듯 살아야 한다는 걸 알면서도, 당신처럼 말할 수 있게 하소서.

그래도, 용기를 내어 계속 나아간다.

젊은 투병인에게 전하는 책과 문장들○

내게 남은 것은 말뿐이었다.

_ 영화 〈라이프 오브 파이〉

나를 살아 있게 하는 이 말들을 증오해. 나를 죽게 내버려두지 않는 이 말들을 증오해.

_ 세라 케인, 『갈망』

○ 젊은 투병인을 위한 잡지 『매거진 병:맛 1』(2020)에 기고한 글을 수정하여 재수록했다.

힘든 시기에 우리가 붙잡고 사는 말이 있다. 아니 어쩌면 주어를 바꿔서 말해야 하는지도 모르겠다. 힘든 시기에 우리를 붙잡아서 계속 살게 하는 말이 있다. 나를 죽게 내버려두지 않는 말. 모든 것이 다 무너졌으며 내게 아무것도 남지 않았다고 느낄 때, 모든 말도 아무 말도 다 소용없다고 느낄 때, 그럼에도 끝까지 남아 있는 말. 단어 하나, 문장 하나, 또는 한 구절, 아니면 이야기 하나. 꽤 오래, 사막의 시간을 보내면서 나는 인용문의 인간이 되었다. 나를 붙잡은 그 말은 책이나 영화에서 오기도 했고, 편지와 이메일에 적혀 있기도 했으며, 직접 들은 말이기도 했고, 때로는 (내가 생각해냈다기보다) 마음속에 그저 들려온 말도 있었다.

젊은 투병인에게 전하는 책과 문장이라는 주제로 글을 써 달라는 부탁을 받고 나는 인용문의 인간인 내가 그리 어렵지 않게 쓸 수 있을 것이며 할말도 많을 거라고 생각했다. 아픈 사람들이 자신의 질병 경험에 관해 남긴 이야기를 논한 글○을 이미 쓴 적이 있지만, 여전히 내 일기장과 에버노트에는 그 글

○ 메이, 「'병자 클럽'의 독서」, 김영옥 외, 『새벽 세 시의 몸들에게』, 봄날의책, 2020, 133~166쪽.

에 넣지 못한 문장이 많이 남아 있기 때문이었다. 그러나 나는 중요한 사실을 잊고 있었다. 그 문장들은 변화하는 특정 몸의 여정에서 특정 시기에 개인적으로만 울림이 있던 대단히 사적인 목록이라는 것을, 나아가 아픈 사람에게 던져지는 대부분의 말은 헛소리이고 잔소리라는 것을 말이다.

예를 들어 몇 년 전 나의 냉장고 문에 꽤 오래 붙어 있었던 말을 보자.

> 질병이나 삶에서 마주치는 다른 재앙 때문에 언제나 놀라겠지만, 그래도 나는 괜찮을 것이며 어디로 가든 괜찮을 것이다. 어디로 가든 그곳에서 새로운 나의 일부를 찾을 것이고, 선善에 이바지할 것이다. 그곳에서 나는 새로운 차원의 사랑을 발견할 것이다. 신은 창문을 닫으시면서 문을 여신다.

의료사회학자 아서 프랭크의 암 투병기 『아픈 몸을 살다』의 이 마지막 구절을 나는 냉장고 앞을 오가다가 멈춰 서서 한 번씩 읽곤 했다. 고난의 시기를 지나본 사람들이 배우는 진실을 담고 있으며 용기와 희망을 주는 아름다운 문장이다. 하지만 내가 한창 힘들 때 누군가가 '좋은 말씀'이라며 이 문장을 내게 내밀었다면? 아마 서른다섯에 결장암 4기 진단을 받은 신학 교수 케이트 보울러처럼 화가 나고 그 말을 비웃고 싶어졌을 것 같다.

> 천 번쯤 들은 것 같다. '모든 일에는 이유가 있어요'라든지 '신께서 더 나은 이야기를 쓰고 계신 거예요' 같은 말들. 보아하니 신은 돌아다니면서 문을 닫고 창문을 여느라 바쁜 것 같았다. 아무리 열고 닫아도 질리지 않는 모양이었다.

말에서 중요한 건 언제나 맥락이지만 고통 중에 있는 사람에겐 더욱 그렇다. 누가 어떤 상황에서 발화하여 어떻게 전달된 말인가에 따라 똑같은 말이 비수가 되기도 하고 동아줄이 되기도 한다. 여기에 더해, 자신의 불행에 압도되어 있는 아픈 사람은 애초에 좋은 대화 상대가 아니다. 이 고통을 누가 안다고 해도 화가 나고(네가 뭘 알아) 모른다고 해도 화가 난다(이걸 어떻게 몰라). 뭘 먹으라든가 먹지 말라는 말, 뭐가 몸에 좋다는 말에도 진절머리가 난다(내가 안 해본 게 있을 것 같냐). 건강한 사람이 편안하게 호흡을 하며 사지를 자유롭게 움직인다는 사실에조차 비뚤어진 마음이 들 수 있는 게 아픈 사람이다. 심한 자궁내막증 후유증으로 서로 붙어버린 장기들을 떼어내느라 긴 수술을 받고 "입에 담을 수 없는" 체액과 분비물을 흘렸다고 말하는 소설가 힐러리 맨틀은 "정신적 고통은 너무나 우아하다. (…) 버지니아 울프의 병은 점잖았다"며 다른 아픈 사람의 고통을 깎아내리고, 평생 건선에 시달린 존 업다이크는 젊은 나이부터 작가로서 대단히 성공적인 커리어를 이어갔음에도 "불운한 건 바로 나, 이게 내가 기본적으로 하는 생각이다"라며 언뜻 납득이 안 가는 자기 연민의 수준을 내보인다.

인류의 서사 자원 중 대표적인 고통 이야기인 「욥기」에서 '아픈 사람에게 말 건네기'라는 문제를 안 다뤘을 리 없다. 열 명의 자녀와 재산을 전부 잃고 "발바닥에서부터 정수리에까지 악성 종기가 나서" 몸을 그릇 조각으로 긁고 있던 욥에게 친구가 세 명이나 찾아와 '위로와 조언의 말'을 쏟아내자, 욥은 자신을 헛소리로 괴롭히지 말라며 역정을 낸다.

> 그런 말은 전부터 많이 들었다. 나를 위로한다고 하지만, 오히

려 너희는 하나같이 나를 괴롭힐 뿐이다. 너희는 이런 헛된 소리를 끝도 없이 계속할 테냐? (…) 너희가 내 처지가 되면, 나도 너희처럼 말할 수 있을 것이다. 나도 너희에게 마구 말을 퍼부으며, 가엾다는 듯이 머리를 내저을 것이다. 내가 입을 열어 여러 가지 말로 너희를 격려하며, 입에 발린 말로 너희를 위로하였을 것이다.

힘든 일을 겪고 있는 사람에게 말을 건넨다는 건 이렇게 쉽지 않은 일이어서, 내 처음의 의욕은 온데간데없어지고, 고생스러운 일을 겪은 사람 특유의 수다스러워지는 경향에 휘둘려 의욕이 솟았던 게 아닌가 하는 자기 의심마저 고개를 든다. 콜리지의 늙은 뱃사람을 생각해보라. 고통스러운 땅끝 여행에서 돌아온 그는 하도 가슴에 한이 사무친 나머지, 지나가는 모르는 사람을 붙들고 길고 긴 자기 이야기를 주기적으로 토해내야 하지 않던가.

이후 시시때때로

그 고통이 되돌아온다오.

그리고 내 끔찍한 이야기를 다 할 때까지

내 안의 이 심장은 타오른다오.

그러나 한편으로 내가 알고 있는 사실이 하나 있다. 좀전에 나는 중병, 만성적인 병, 대단히 고통스러운 일을 겪은 실제 또는 픽션 속 여덟 사람의 말을 이미 소개했으며, 이들의 말이 나에게 그랬듯 지금 이 글을 읽고 있는 누군가에게 즐거움을 줄 것이라는 사실이다. 여기서 '즐거움'은 많은 것을 뜻한다. 공감, 위로, 눈물, 재미, 웃음, 감동, 용기, 계시, 깨달음, 지식, 지혜…… 무엇보다, 막을 새도 없이 파고드는 가족이나 지인들의 말과는 달리 당신은 선택할 수 있다. 책은 덮으면 그만인 것이다. 의학적 처치 때문이든 주변 사람들 때문이든 병 자체 때문이든 끊임없이 몸과 마음이 침입당하는 느낌에 시달리지만 동시에 그 어느 때보다 소통에 목마른 투병인에게, 사적으로 별 관계가 없는 사람의 말을 듣거나 듣지 않길 선택할 수 있다는 독서의 조건은 아플 때 책을 오히려 가장 가깝고 편한 친구로 만든다. 당신은 이 글도 덮어버릴 수 있다. 이 사실이 내게 계속 쓸 용기를 준다.

그렇다면 어떤 책을? 당신에게 '즐거운' 책이라면 무엇이든. 아픈 사람에게 즐거움은 너무도 귀하다. '이 책 때문에 살았다'라고 말하고 싶은, 외계인이 나오는 소설이라든지 종교·명상 서적이 있지만 그 목록은 오직 나만의 '고통을 덜어준 책들'일 것이고, 좀더 보편성이 있는 목록은 역시 아픈 사람들이 남긴 말과 글이 아닐까 한다. 온라인과 오프라인의 환우 모임이 도움이 되는 것과 마찬가지의 이유로 그들의 이야기는 도움이 된다. 아픈 동안 다른 아픈 사람의 이야기가 생존에 중요하게 된 사람은 나뿐만이 아니어서, 아서 프랭크는 개인적인 암 투병기를 쓴 다음에 다른 사람들이 쓴 투병기를 연구해서 책을 냈고, 난소암을 앓은 여성주의 문학비평가 수전 구바도 자신의 암 투병기를 쓴 다음 다시 여러 종류의 암 투병기를 다룬 『암을 읽기와 쓰기: 어떻게 말이 치유하는가』라는 책을 썼다.

통증 환자-작가인 소냐 후버의 말대로 아플 때 위로가 되는 것은 아픈 이들뿐, 그러니 아픈 이들의 영토에 있는 우리 모두를 떠올리길. 이 거대한 왕국을 앞서 횡단한 여행자, 질병과 함께 지내는 법을 연습한 숙련자, 고통의 문제와 씨름한 구도자인 왕국 거주민과 통행인들의 이야기에서 당신은 즐거움을 발견할 수 있을 것이다(다시 말하지만 즐거움은 많은 것을 포괄하는 말이다).

또한 당신이 미처 뱉지 못한 절규를,

어머니의 태가 열리지 않아, 내가 태어나지 않았어야 하는 건데. 그래서 이 고난을 겪지 않아야 하는 건데! 어찌하여 내가 모태에서 죽지 않았던가? 어찌하여 어머니 배에서 나오는 그 순간에 숨이 끊어지지 않았던가?

당신이 분노하고 절망하여 던지는 질문과 비슷한 질문을,

왜 이런 일이?
하느님, 여기 계신가요?
이 고난의 의미는 무엇인가요?

아프다는 것의 외로움과 고립을,

내 신경만이 이 통증을 느낀다는 현실은 무시무시하다. 내가

이 피부 안에 고립되어 있다는 것, 내 통증 그리고 내 자신의 불완전성과 함께 고립되어 있다는 것, 나는 이 지식을 증오한다.

아픈 사람의 시간을,

건강은 우리 삶에 의미와 목적을 불어넣지만 질병은 놀랍게도 그러한 확실성을 순식간에 앗아가버린다. 기껏해야 내가 할 수 있는 것은 순간순간을 참고 이겨내는 것이 다였다.

유독 힘든 날을 보내는 아주 구체적인 방법까지,

통증은 감자 튀김과 넷플릭스를 원한다.

그들의 이야기에서 언제나 찾을 수 있을 것이다. 그리고 다른 사람의 이야기에서 자기 이야기의 조각을 발견하는 경험은 치유한다. 내 고통을 누군가가 알고 있기 때문이며, 더는 홀로 있지 않고 사람들과 다시 연결되기 때문이며, 나아가 인간의 역사·문화와도 다시 연결되기 때문이다. 이 문장들은 내가 그들의 이야기에서 발견한 내 이야기의 단편들일 뿐, 중요한 건 당신이 함께 살아갈 말이다. 말들은 여러 곳에서 올 것이고, 다시 아서 프랭크를 인용하자면, "우리는 어떤 이야기와 함께 살아가고 어떤 이야기를 사용할지 신중하게 골라야 한다".

이제 마지막 인용문을 적어본다. 출처는 십 년 전 나 자신이다.

> 나는 네가 아프지 않길 원해. 네 온몸의 통증들이 멈추길 원해. 진심으로 원한다. 네가 다치지 않길, 네 고통들이 멈추길 원해. 네가 그만 울길 원해. 요가 매트 위에서 우는 시간보다 요가를 하는 시간이 많아지길. 건강하고, 건강하고 또 건강해지길.
>
> 그리고 무엇보다 강하길. 이 아픔과 통증과 고통과 불면과 불안과 눈물과 의심과 비참함과 공포를 어깨 으쓱하며 지나갈 만큼, 강하길.
>
> 진심으로, 내 모든 걸 다해, 더이상은 불가능할 정도의 간절함으로, 간절하게 말한다. 이 말들이 너에게 닿길, 너에게 닿길.

삼십대 초반의 내가 나에게 쓴 편지의 일부다. 중병, 긴 병에서 가장 무서운 일은 무감해지는 것이다. 원하는 것도 없고, 어떤 아름다움도 뚫고 들어오지 못하는 단단한 암흑 안에 있는 것, 그곳이 가장 편한 곳이 되는 것, 그냥 그 안에 계속 머물고 싶은 것. 이런 무감함이 내게 기어오는 모습을 지켜보던 나는 그 무감해지고 있던 나에게 말을 건넸다. 지금 읽으면 좀 민망하기도 하지만 그날의 간절한 마음이 날 밀어왔다는 걸 안다. 십 년이 지났고 이 편지에서 내가 자신에게 바란 여러 가지 것은 대부분 이루어지지 않았다. 다만 하나, 나는 더는 울지 않고 요가를 한다.

젊어서 아프다는 건 젊기에 억울하다고 느껴지는 일이기도 하고 아프며 살 날이 많은 것 같아서 아득하기도 한 일이다. 질병의 충격과 영향 아래 오랫동안 살아갈 당신, 당신을 죽게 내버려두지 않는 말을 만나길. 실낱같은 빛, 거의 무심해서 좋은 위안, 악몽으로 깬 이의 등을 쓸어내려주는 손, 다시 세상으로 끌어당기는 중력, 인간의 마을로 돌아가는 길을 표시하는 작은 돌멩이들, 황무지를 헤맬 때 손에 든 나침반 같은, 그런 말들을 찾길, 아니 당신이 찾지 않아도 말들이 당신에게 올 테니 그 말들을 소중히 쥐길, 그 말들에 붙잡히길. 지금 세상 가장자리,

아주 먼 곳에 있을지도 모르는 당신에게, 언젠가 나에게 보내는 편지를 쓰게 한 간절함을 담아 말들을 전한다.

중력

어제

오랜 병을 앓은 내 친구 낸시는,

무엇이 날 일으켜주는지 아니? 나를 곧바로 절망에서 구해내는 것 말이야.

몰라, 뭔데?

만물이야.

_ 뮤리엘 루카이저, 「도로 한복판에 놓인 작은 돌멩이 하나, 플로리다에서」

낫기 위해 필요한 게 무얼까?

돈, 시간, 사랑.

돈의 필요는 자명하고, 아무리 돈이 많아도 몸을 변화시키고 몸이 변화하는 데는, 또는 아픈 몸으로 살기에 적응하는 데는 시간이 필요하다. 그리고 사랑. 사랑이라는 말이 너무 강하거나 낭만적으로 들린다면 다음과 같은 단어들로 말할 수도 있겠다. 미련, 사는 이유, 못 죽는 이유, 삶의 의미, 나를 지구로 잡아끄는 힘, 중력.

아픈 후로 집에 돌아가는 길을 잊고 어쩔 줄 몰라 하는 꿈을 가끔씩 꾼다. 생각이 날 듯 말 듯한 상태로 나는 길거리를 헤매고, 버스를 타지만 잘못 탔다는 걸 깨닫는다. 언젠가는 내가 살던 동네를 기억해내고 버스 기사에게 인도네시아어로 외쳤다(인도네시아에 있을 때 꾼 꿈이라서 그랬나보다). "마우 투룬 디 시니Mau turun di sini!" **여기 내려주세요.** 그러나 거기까지였다. 집에 도착하는 꿈은 한 번도 꾼 적이 없다.

언젠가는 돌아갈 수 있을까.

몹시 추웠던 지난겨울에 나는 '힘이 없었다'. 새로운 증상이었다. 일상이 다시 허들 넘기가 되고, 깨어 있는 시간의 대부분을 누워서 TTS 기능으로 소설을 들으며 지냈다. 박완서, 김영하, 김이설, 세라 워터스. 독서 앱 사용 시간이 하루 평균 열 시간! 집으로 돌아가지 못하고 헤매는, 이제 오래도록 반복해서 꾼 꿈을 다시 꾸었다. 나는 내 몸에서 벌어지는 '쇼'의 관람객, 구경꾼, 관찰자로 남으려 애썼다. 아픈 시기를 조금이나마 쉽게 넘길 수 있는 방법이자 병자로서 쌓아온 숙련 기술의 일부다. 몸에 힘이 좀 돌아온 후에도 쇼는 계속됐다. 열, 몸살, 악몽, 입술 포진, 아토피 발진, 눈을 뜰 수 없는 결막염, 숨을 쉴 수 없는 비염과 천식, 턱이 부서지는 것 같은 치통, 두통과 안면 통증, 망치로 두더지를 때리는 게임기에서처럼 턱과 목과 겨드랑이 이곳저곳에 볼록 나타났다가 들어가길 거듭하는 림프샘…… **이 드라마는 한 시즌에 에피소드가 대체 몇 개야.** "당신 안에서 불꽃놀이가 벌어지고 있군요." 언젠가 내 고통의 윤곽을 비췄을 때 요가 선생이 한 말이다. **불꽃**flame, **불태우다**inflame, **염증**inflammation. **네, 염증의 불꽃놀이 쇼입니다!** 웃기지 않은 농담이 머릿속을 맴도는 날들. 잘 수 없는 밤에는 만성피로증후군 환자 엘리자베스 토바 베일리의 달팽이 관찰기 『달팽이 안단테』를 필사했다. 이 고요한 책은 다시 한번 나를 구한다. 그렇게 천천히, 그러나 사정없이 반년이 지났다.

이제 오래전이다. '짐이 되어서 미안해'라는 내 말에 언니는 말했다.

"너 짐 아니야. 짐인 적 없었어."

그 말은 아마 한 일 년쯤 나를 붙잡았을 것이다.

어느 시기에 내게 신이고 구원이었던 것들, 나를 잡아주던 것들은 계속 변한다. 닳아 없어진다. 무상無常 외에 다른 진리가 없다는 걸 알면서도 그 과정을 겪는 건 어쩔 수 없이 아프다. 그렇게 겨울과 봄을 보내며 나는 다시 작은 죽음을 통과했고, 이 여름의 나는 작년 일기장에 담긴 그 '나'가 아니다. 다시 강가를 걸을 수 있게 되었다는 기쁨을 느낄 새도 없이 우울이 왔다. 나를 지상으로 당겼던 이유들이 갉아먹힌 듯 사라져 있었고, 쥐고 있던 것마다 부서져 있었다. 왜 이제 와 새삼스럽게. 비명과 신음이 늘 뒤늦게 왔듯 상실의 자각도 난파의 흔적을 뒤돌아볼 수 있을 때야 오는 걸까.

흔들릴 때면 늘 가장 아팠던 시기를 떠올리며 눈금을 다시 맞췄다. 네가 얼마나 많이 나아졌는지 봐, 이건 그때에 비하면 진짜 아무것도 아니잖아, 이제 정말 다 왔어, 그곳에서 얼마나 많이 걸어나왔는지 봐. 내가 고통의 영토에 있었을 때…… 멀리서 들려오던 가족과 친구들의 외침. **힘내, 사랑해.** 그러나 나는 내가 보는 벼랑의 풍경에 압도되어 있었고 어느 시점부터는 그들의 말조차 나를 뒤돌아보게 하지 못하고 공중에서 흩어졌다. 예전에 만난 어느 여행자가 해준 이야기를 떠올리곤 했다. 파키스탄 국경지대 어딘가에 가면 권총을 몇만 원에 구할 수 있고 유럽의 젊은이들이 총을 구해 정글로 들어가 사라지곤 한다고, 자기도 그런 시체를 밀림에서 본 적이 있다고 했다. 파키스탄까지 갈 엄두는 전혀 나지 않았지만 그 숲을 생각하면 마음이 편해졌다. 우기의 정글 깊숙한 곳에 누우면 비 온 후 폭발하는 듯 자라나는 풀과 나무들이 내 몸을 포근하게 감쌀 텐데. 나는 궤도에서 튕겨나간 인공위성처럼 무한 속으로 고요히 미끄러져가고 싶었다.

영화 〈그래비티〉를 자기 이야기로 받아들인 사람들을 안다. 물론 어느 시기의 내 이야기이기도 하다. 우리에게 이 영화는 우주 영화라기보다는 우울증을 훌륭하게 형상화한 질병 영화다. 딸을 잃은 후 부유하는 듯 살던 주인공(샌드라 블록)이 일하는 우주정거장에 사고가 발생한다. 주인공은 고군분투하지만 더는 방법이 없어 보이는 순간이 온다. 그는 선실의 산소 농도를 낮추고 잠들 듯 죽음으로 떠내려가고자 한다. 그때 죽은 동료(조지 클루니)의 환상이 나타나 다른 결단을 하도록 이끌고, 결국 마음을 바꾼 주인공이 지구로 내려와 땅에 발을 딛는 것으로 영화는 끝난다. 나는 조지 클루니를 조금 원망했다. 얼마나 달콤한 계획을 망친 것인가.

무엇이 날 떠내려가지 못하게 했더라. 무엇이 날 여기까지 데려왔더라. 십몇 년이 지나도록 내 발은 가끔씩 지면에 닿지 않는다. 내가 왜 아직도 지구에 붙어 있었더라.

바다 위에 백만 개의 다이아몬드로 부서지는 빛, 신나서 못 견디겠다는 듯 부풀어오른 적란운, 반짝반짝하는 손동작처럼 바람 속에서 흔들리는 플라타너스 나뭇잎들, 내가 만지면 몸을 떨며 오줌을 싸는 바보 같은 강아지, "너 짐 아니야. 짐인 적 없었어", 구름처럼 뭉치고 퍼지고 나와 함께 흘렀던 음악들, 그의 머리칼 사이에 코를 묻었던 기억, 이 이야기의 끝을 보고 싶다는 마음, "죽음은 어찌되었든 올 테니까, 중요한 건 죽는 게 아니라 살아남는 것이고 그건 기적일 거야"(이사벨 아옌데), 마침내 돌아갈 거라는 믿음 혹은 망상, 누군가와의 약속, 누군가의 편지, 말, 문장들, 내 안의 속삭임. 누군가에게 상처를 주지 않기 위해 죽지 않은 적도 있고, 할 일이 있다고 생각해서 살기도 했다. 할 일. 그래, 일도 중요했지. 나는 농담하곤 했다. "그 고통에 관한 책만 번역하고 죽자고 생각했는데, 너무 두꺼운 책을 골랐지 뭐야!"

기적의 시간이라고 생각했던 생존의 시간을 뒤늦게 재평가한다. 어쩌면 나는 그 오랜 시간을 그저 가짜 미끼를 쫓아 질주하는 경주견처럼 산 게 아닐까. '그곳'은 늘 바로 눈앞에 있었기에. 그리고 고통스러운 여정의 끝에서 듣고 싶지 않았던 말, **사실은 이게 전부야.** 달리던 중에 게임의 규칙을 깨닫고 멈춰 낑낑댄 개가 한 마리라도 있었을까.

무엇이 날 일으켜주는지 아니?

만물이야Anything.

일몰 후에도 무더위가 가시지 않는 날들이 이어지고, 그래도 매일 강가를 걷고 또 걷는다. 물을 가르는 보트의 모터 소리가 들린다. 수상스키에 올라탄 이의 즐거운 몸을 본다.

무엇이 날 잡아주는지 아니?

풀 냄새가 내 몸을 물들이지 못한다. 다시 산책할 수 있다는 사실에도, 윤슬에도, 적란운에도, 플라타너스에도 나는 자꾸 무감하다.

만물이야.

조지 클루니는 보드카를 한 모금 마시고 말했다. "그래, 계속 가봤자 뭐할 거야. 살아봤자 뭐하겠어. 그렇지만 일단 가기로 마음먹는다면 계속 해봐야지." **무엇이 날.**

깨달음과 결단으로 이어지는 익숙하고 바람직한 서사로 글을 끝맺고 싶지만 그럴 수가 없다.

점점 작아지는 엄마의 몸, 그럼에도 여전히 나를 미치게 하는 엄마의 잔소리("간절히 기도하고 성령 받아라"), 잇몸 퇴축과 치간 칫솔과 홍대 근처 좋은 치과가 주요 주제인 전화 통화, 아이허브 사이트에서의 영양제 쇼핑, 초등학생들의 머릿속에 영어 현재완료 시제를 쑤셔 넣으려는 나의 닦달, 장마철에 집으로 들어온 돈벌레와 에프킬라, 눈이 아파 급격히 줄어든 트위터 사용 시간, 돈 걱정, 허리 걱정, 녹아버린 빙하, 욕실 청소, 과탄산소다, 조카의 입시 준비, '점심에 뭐 먹지', 양파 다듬기, 코로나 백신, '계속할 수 있을까'와 '계속해야 한다'를 오가는 글쓰기, 바로 이 글, 자신에게조차 감추고 싶은 이 우울한 병자의 글. 내 사랑은 더 낮고 넓어져야 하는지 모른다. **만물이야.** 이번엔 이것들 사이에 발을 꽂아 넣을 순 없을까. 나를 여기 이 흙에 심을 순 없을까. 마침내 그럴 순 없을까.

우리는 나무들처럼
잎을 떨어뜨렸다

우리는 온전한 채로 남지 못했다.

우리는 나무들처럼 잎을 떨어뜨렸다.

부러진 나무들처럼,

거대한 뿌리를 딛고 다시 시작하는 그 나무들처럼.

_ 로버트 블라이, 「어두운 풀숲에서 집을」

어떤 이들은 두 번 산다. 그들에 대한 소문을 들은 적 있다. 놀랍지만 아주 드문 일도 아니었다.

다만 내가 그들 중 하나가 될 줄은 몰랐다.

언젠가 읽은 어느 부족의 성인식 이야기를 자주 생각했다.

나이가 찬 청년들은 마을을 떠난다. 오랜 시간을 황야에서 홀로 생존한다. 마침내 마을로 돌아온 청년들은 외모와 목소리가 변해 있다. 과거를 잊기도 했다.

돌아온 이들은 새 이름을 받는다.

아픈 시간이 부활의 시간으로 여겨질 순 없을까. 자신의 한계와 마주한 시간으로 사회적으로 존중받을 순 없을까. 아팠던 우리는 가장 멀리 여행한 자다. 죽음 하나를 건넌 자다. '고통과 다른 관계를 맺게 되었음'이라고 이력서에 적고 싶다. 나의 미미한 인생에서 내가 가장 자랑스러워하는 성취다.

에필로그:

쪽지들의 바다

우리가 모두 낫는 날이 봄이에요?

_ 기형도, 「위험한 가계 · 1969」

이탈리아 파시스트 정권 시기, 저항군 활동을 하던 한 여성이 체포당한다. 감옥에 갇혀 고립된 채 몇 달간 고문을 당하던 여성은 어느 날 건네받은 빵 덩이 안에서 성냥갑을 발견한다. 성냥갑에는 단어 하나가 적힌 쪽지가 들어 있었다.

"코라조Coraggio!" 용기를.

일레인 스캐리의 『고통받는 몸』에 나오는, 이탈리아 태생의 미국 인권운동가 지네타 사강의 이 실화는 오래도록 나를 사로잡았다.

쪽지를 발견하고 읽은 순간, 그는 더는 아프지 않았을 것이다.

처음에 내겐 몇 개의 단어, 몇 줄의 문장밖에 없었다. 나는 그 한 움큼의 말을 꼭 쥐고 품고 걸었다. 주문처럼 되뇌었다. 약처럼 삼키고 발랐으며 사탕처럼 빨았다. 그리고 조금씩, 점점 더 많은 말이 내게 왔다. 인류 최고의 고통 전문가 붓다의 강의, 욥의 피를 토하는 한탄, 질병과 장애 연구, 질병과 장애를 가진 당사자들의 글, 고통을 겪은 이들의 글, 고통과 질병을 다룬 문학과 영화, 통증 연구, 뇌과학·인지과학 책…… 언어가 희박한 곳을 횡단하여 사람들이 와글거리는 마을에 가까워지는 것 같았던 여정에서 나를 끌어온 건 이 모든 말이었다. 나는 같은 목소리를 듣고 또 들었다. **넌 혼자가 아냐, 네 고통을 알고 있어, 네가 덜 아프길 바라, 힘을 내길.** 그 말들은 내게 전해진 성냥갑 속 쪽지였다.

한 장의 쪽지, 그리고 점점 더 많은 쪽지를 따라온 곳, 지금 여기. 이곳에서 나는 쪽지들의 바다를 본다. 고통의 문제를 나누고 해결하려 애쓴 인간들의 수천 년간의 분투가 여기 있었다. 붓다의 가르침은 제자들이 암기하고 입에서 입으로 전하다가 기록되어 이천오백 년 후의 나에게도 전달되었다. 욥의 이야기는 구전되며 수많은 이야기꾼이 첨삭한 결과 고통 속에 있는 인간을 대표할 만한 절창이 되어 성서에 실렸고 그렇게 사천 년이 넘는 시간을 건너왔다. 고통받은 이들은 글쓰기라는 자구自救의 행위이자 관대함의 행위를 통해 그들이 경계에서 가져온 이야기를 나누어주었다. 내가 읽은 다른 모든 글 역시 당연히 인간들의 서로를 향한 연민과 연대와 협동에서 탄생한, 그러한 긴 역사 속 노력과 몸부림의 일부였다. 이 바다가 여기 언제나 출렁이고 있었다니, 쪽지 속 그 목소리가 우리 세계 안에 줄곧, 온통 울려퍼지고 있었다니! 어쩌면 나만 빼고 모두가 이미 알고 있었을지도 모르는 복음good news.

인터넷에는 낯설고 신기한 장소와 풍경들을 보고 온 사람들의 여행기와 사진이 넘친다. 나는 비행기, 배, 기차를 타지는 않았지만 어딘가에 다녀왔고 그 여행에서 가져온 이야기를 하고 싶었다. 돌아가게 된다면 그곳은 어디일까, 상상할 수 없었던 시간도 있었지만 나는 돌아와 쓰고 있다. 씀으로써 내가 온전해질 것을 알기 때문이며, "나 말고도 전 세계 여기저기 흩어져 있는 (…) 다치고 병들어 집안에만 틀어박혀 있는 사람들의 공동체"(『달팽이 안단테』)에 동일시하고 우리를 안쓰러워하기 때문이며, 여행에서 돌아오지 못하는 사람들도 있다는 것을 알기에 의무감을 느끼기 때문이며, 쪽지들의 바다에 쪽지 하나를 더하고 싶기 때문이며, 이 바다가 아름답기 때문이다. 내가 써 놓은 내가 아팠던 이야기조차 너무도 부분적으로만 진실이라 아예 말하기 싫었던 때도 있었고 고통을 표현하는 데 말이 얼마나 쓸모없는지 거의 분노하기도 했었지만, 지금의 나는 무수한 불완전한 것들로(만) 자신을 드러내는 신성神性을 믿고 사랑하게 되었으며 그렇기에 쓸 수 있다.

우리를 낫게 하는 말씀은 신의 목소리로 들려오는 것이 아니다. 경전에 쓰여 있는 것, 저기 하늘에서 내려오는 것이 아니다. 치유가 말씀으로 이루어진다는 것이 이미 구원의 내재성을 말해준다. 말은 세상을 초월한 곳에서 오는 것이 아니라 인간들 사이에서 오기 때문이다. 예수도 이야기하지 않았던가. "천국은 바로 너희 가운데 있다"고. 엔토스 휘몬ἐντὸς ὑμῶν, 너희 한

가운데in your midst, 너희 안에within you. 우리가 더는 아프지 않을 그곳은 우리 한가운데, 우리 안에 있다.

그리하여 나는 돌아오고 돌아오고 또 돌아온다.

삶, 이 고통의 바다로,

이 쪽지들의 바다로.

주

005쪽　남의 병 이야기는 정말 재미있을 거야: 1929년 2월 10일 버지니아 울프가 휴 월폴에게 쓴 편지.

프롤로그: 돌아온다

007쪽　그러나 고통은 돌연 사라진다: Jane Kenyon, "Having It Out with Melancholy", *Constance*, Graywolf Press, 1993, p. 25.

011쪽　만성 통증의 긍정적 영향과: 〈고통 전시회〉 웹사이트. painexhibit.org.

012쪽　내 신경만이 내 통증을 느낀다는 현실은: Eula Biss, "The Pain Scale", *Seneca Review*, Vol. 35, no. 1, Spring 2005, p. 12.

이야기를 시작하며

016쪽　이 괴물, 몸, 이 기적, 몸의 고통: Virginia Woolf, *On Being Ill*, Paris Press, 2012, p. 6.

몸: 무덤, 표지, 구원의 장소

024쪽　어떤 이들은 혼이 우리의 현생에: Plato, *Cratylus*, C. D. C. Reeve(trans.), Hackett Publishing Company, 1998, Kindle Electronic Edition.

기원

026쪽　찻숟가락 하나만큼의 고통을: Anne Sexton, "The Big Boots of Pain", *The Complete Poems*, Houghton Mifflin, 1981, pp. 547~549.

027쪽　나는 그 모든 게 오클랜드로 이사를: 바버라 루스, 「골반 종양의 병인」, 수전 웬델, 『거부당한 몸』, 강진영·김은정·황지성 옮김, 그린비, 2013, 217~220쪽에서 재인용.

027쪽　두부 때문이었을까: 이브 앤슬러, 『절망의 끝에서 세상에 안기다』, 정소영 옮김, 자음과모음, 2014, 69~74쪽.

028쪽　나는 이기심과 욕심과 자기중심적 야망과: Anne Hunsaker Hawkins, *Reconstructing Illness: Studies in Pathography*, Purdue University Press, 1999, p. 41.

028쪽　나는 어둠 속에 살았으며 어둠을 사랑했다: Anne Hunsaker Hawkins, 같은 책, p. 38.

034쪽　창자 위아래로 내달리는: Anne Sexton, 같은 글, p. 548.

035쪽　일부 항불안증 약물은 스트레스로 인한: 로버트 M. 새폴스키, 『스트레스: 당신을 병들게 하는 스트레스의 모든 것』, 이재담·이지윤 옮김, 사이언스북스, 2008, 295쪽.

038쪽　2015년 미국 의학연구소는: Institute of Medicine, *Beyond Myalgic Encephalomyelitis/Chronic Fatigue Syndrome: Redefining an Illness*, The National Academies Press, 2015. https://doi.org/10.17226/19012.

039쪽　왜 이런 증상들이 나타나는지에 관해선: 메건 오로크, 『보이지 않는 질병의 왕국』, 진영인 옮김, 부키, 2023, 364쪽.

앓기의 기술과 쓰기의 기술

045쪽 앓기의 기술은 익히기 쉽지 않지만: Julia Stephen, "Notes from Sick Rooms", Virginia Woolf, *On Being Ill*, Paris Press, 2012, p. 54.

고통의 그림

049쪽 아버지 말처럼 통증이 그렇게: 아서 클라인먼, 『우리의 아픔엔 서사가 있다』, 이애리 옮김, 사이, 2022, 55~56쪽.

050쪽 육체적 고통은 언어에 저항할 뿐만 아니라: 일레인 스캐리, 『고통받는 몸』, 메이 옮김, 오월의봄, 2018, 8쪽.

051쪽 통증은 언어의 근본적인 실패다: David Le Breton, *Anthropologie de la Douleur*, Metailie, 1995, p. 39. Steven Wilson, "'Dictante Dolore': Writing Pain in Alphonse Daudet's La Doulou", Sophie Leroy(ed.), *Medicine and Maladies: Representing Affliction in Nineteenth-Century France*, Brill Doropi, 2018, p. 176에서 재인용.

051쪽 통증의 실제 느낌이 어떤지를: 알퐁스 도데, 「라 둘루」, 『알퐁스 도데 작품선』, 손원재 · 권지현 옮김, 주변인의길, 2003, 375쪽.

051쪽 결정적으로 문학에서 질병 묘사를: Virginia Woolf, *On Being Ill*, Paris Press, 2012, pp. 6~7.

052쪽 통증은 언어를 파괴하지 않는다: 앤 보이어, 『언다잉』, 양미래 옮김, 플레이타임, 2021, 235쪽.

052쪽 통증이 언어를 '적극적으로 파괴'한다는: Joanna Bourke, *Pain and the Politics of Sympathy, Historical Reflections, 1760s to 1960s*, Universiteit Utrecht, 2011, p. 6.

053쪽 버지니아 울프의 『아프다는 것에 관하여』를 읽는다: Hilary Mantel, *Ink in the Blood: A Hospital Diary*, HarperCollins Publishers, Kindle Electronic Edition, 2010.

055쪽 한 단어가 한 사물의 근원적 의미를: Russell Fraser, *The Language of Adam: On the Limits and Systems of Discourse*, Columbia University Press, 1977, ix.

057쪽 무기 언어: 일레인 스캐리, 같은 책, 21쪽.

062쪽 통증은 사람들이 이해할 수 있는 것: http://painexhibit.org/en/galleries/hope-and-transformation/ag11_shapard/

062쪽 통증은 소통되지 않고, 미칠 정도로: https://painexhibit.org/en/galleries/portraits-of-pain/ag01_gofstein/

063쪽 나는 자화상을 통해: http://painexhibit.org/en/galleries/portraits-of-pain/ag01_witt/

065쪽 이후 콜린은 만성 통증이 있는 환자-작가들과 접촉해서: http://www.montereyherald.com/article/zz/20080517/NEWS/805179924

068쪽 홀로, 홀로, 오로지 나 홀로: Samuel Taylor Coleridge, *The Rime of the Ancient Mariner*, Dover Publications, 1970, p. 32.

070쪽 내가 대학병원의 통증 클리닉에: David B. Morris, "How To Read The Body in Pain", *Literature and Medicine*, Vol. 6, Johns Hopkins University Press, 1987, p. 153.

071쪽 통증은 타인이 확인할 수 없는: 이혜정, 「나는 결코 사라지지 않는다」, 조한진희 엮음, 『질병과 함께 춤을』, 푸른숲, 2021, 230쪽.

071쪽 길다란 금속 파이프를 짚고 다닐 때만: Sonya Huber, "The Alphabet of Pain", *Pain Woman Takes Your Keys, and Other Essays from a Nervous System*, University of Nebraska Press, 2017, p. 27.

071쪽 가족에게조차 통증을 의심받는 요통 환자: 아서 클라인먼, 같은 책, 56쪽.

072쪽 만성 통증이 있는 많은 환자들은: David B. Morris, 같은 글, 같은 곳.

075쪽 이 병은 목숨을 위협하진 않지만: Drew Leder(ed.), "The Body in Multiple Sclerosis: A Patient's Perspective", *The Body in Medical Thought and Practice*, Kluwer Academic Publishers, 1992, p. 134.

077쪽 고통의 영토: 알퐁스 도데, 같은 글, 411쪽.

077쪽 아픈 사람들의 영토: Susan Gubar, *Memoir of a Debulked Woman*, W. W. Norton & Company, Kindle Electronic Edition, 2012, Ch. 1.

077쪽 미지의 영토, 황무지와 사막, 벼랑: Virginia Woolf, 같은 책, p. 3.

077쪽 깊은 물, 우물: 버지니아 울프의 1926년 9월 28일 일기. Virginia Woolf, *The Diary of Virginia Woolf, Vol. 3, 1925-1930*, Anne Olivier Bell(ed.), Harcourt, Brace & Company, 1980.

077쪽 심연, 깊은 틈새, 깊은 골: 아서 프랭크, 『아픈 몸을 살다』, 메이 옮김, 봄날의책, 2017, 33~34쪽.

077쪽 지독히 어둡고 깊은 곳, 죽음의 그림자가 드리워진 계곡: 올리버 색스, 『나는 침대에서 내 다리를 주웠다』, 한창호 옮김, 소소, 2006, 206쪽.

077쪽 보이지 않는 지하세계: Kat Duff, *The Alchemy of Illness*, Random House, 2000, p. 3.

077쪽 무인 지대: Jean Cameron, *For All that Has Been: Time to Live and Time to Die*, Macmillan, 1982, p. 57.

077쪽 세상을 향해 나 있는 내 창에: Susan Gubar, 같은 책, 같은 곳.

077쪽 바다 멀리 나온 배 위에서 바라보는: Virginia Woolf, 같은 책, p. 8.

079쪽 이분된 영혼:

http://painexhibit.org/en/galleries/but-you-look-so-normal/ag06_marie-cook/

079쪽 이 가면은 세계를 향해:

http://painexhibit.org/en/galleries/portraits-of-pain/ag01_stock/

082쪽 몸 전체가 하나의 상처가 되었다: 오비디우스, 『변신 이야기』, 천병희 옮김, 도서출판 숲, 2017, 291쪽.

084쪽 고통을 이해하는 데 있어 옛 거장들은: W. H. Auden, "Musée des Beaux Arts", *The Collected Poetry of W. H. Auden*, Random House, 1945, p. 3.

병자의 성공적인 인간관계를 위하여

087쪽 나는 마주치는 모든 슬픔을: Emily Dickinson, "I measure every grief I meet", *Final harvest: Emily Dickinson's poems*, Little Brown and Company, 1961, p. 140.

090쪽 너무 곤란하다, 감당 못 하겠다: 앤 보이어, 『언다잉』, 양미래 옮김, 플레이타임, 2021, 85쪽.

090쪽 더 낫고 더 강하면서도 동시에: 앤 보이어, 같은 책, 94쪽.

094쪽 배 한 척이 있었지요: Samuel Taylor Coleridge, *The Rime of the Ancient Mariner*, Dover Publications, 1970, p. 2.

파이의 이야기

098쪽 하객은 어리벙벙하고 얼이 빠져: Samuel Taylor Coleridge, *The Rime of the Ancient Mariner*, Dover Publications, 1970, p. 76.

통증의 역사 쓰기: 알퐁스 도데의 「라 둘루」

111쪽 나는 아름다운 문장 하나를 입 안에: Bohumil Hrabal, *Too Loud a Solitude*, Houghton Mifflin Harcourt, 1992, p. 4.

120쪽 내 고통, 너는 내 모든 것이어야 한다: Alphonse Daudet, *La Doulou*, Fasquelle éditeurs, 1931. https://www.hsaugsburg.de/~harsch/gallica/Chronologie/19siecle/Daudet/dau_dou0.html. 한국어판에는 이 구절이 빠져 있다.

122쪽 내 경험의 처음 절반에서: Charles Mantoux, *Alphonse Daudet et la Souffrance Humaine*, La Pensée Universelle, 1941, pp. 26~27. Sebastian Dieguez and Julien Bogousslavsky, 「통증의 일인 연주」, J. Bogousslavsky and F. Boller(eds.), 『천재 예술가들의 신경질환』, 이대희 옮김, 아름다운사람들, 2010, 71쪽에서 재인용.

123쪽 그 통증은 견딜 수 없을 정도일 때가 많아서: Julian Barnes(ed. and trans.), *In the Land of Pain*, Vintage Classics, 2016, p. 82.

123쪽 세이르 매달리기 요법: Sebastian Dieguez and Julien Bogousslavsky, 같은 글, 68~69쪽.

124쪽 자살하지 않겠다는 아내와의 약속: Sebastian Dieguez and Julien Bogousslavsky, 같은 글, 78쪽.

124쪽 제목은 처음부터 정해져 있었다: Julian Barnes, 같은 책, p. xii.

125쪽 울부짖는 개들이 내 상태를: Steven Wilson, "'Dictante Dolore': Writing Pain in Alphonse Daudet's *La Doulou*", Sophie Leroy(ed.), *Medicine and Maladies: Representing Affliction in Nineteenth-Century France*, Brill Rodopi, 2018, p. 176.

125쪽 나의 펜이 쓰는 것과: Charles Mantoux, 같은 책, p. 24. Sebastian Dieguez and Julien Bogousslavsky, "The One-Man Band of Pain", *Frontiers of Neurology and Neuroscience*, Vol. 19, Karger, 2005, p. 39에서 재인용.

127쪽 의학의 관점에서 처음으로 「라 둘루」를 분석한: Julian Barnes, 같은 책, p. 83.

128쪽 오십 페이지로 남은 십 년가량의 고통: Julian Barnes, 같은 책, p. xiv.

129쪽 여기서 「라 둘루」는 끝난다: Alphonse Daudet, 같은 책.

130쪽 반스의 소개를 잠시 따라가보자면: Julian Barnes, 같은 책, p. viii.

131쪽 19세기 파리의 성인 남성 중: "A Discussion on Syphilis, with special reference to (a) its Prevalence and Intensity in the Past and at the Present Day; (b) its Relation to Public Health, including Congenital Syphilis; (c) the Treatment of the Disease", *Proceedings of the Royal Society of Medicine*, Vol. 5(Gen Rep), 1912, p. 116. De Luca Barrusse, Virgineie, and Anne-Françoise Praz, "The Emergence of Sex Education: A Franco-Swiss Comparison, 1900~1930", *Journal of the History of Sexuality*, Vol. 24, no. 1, University of Texas Press, 2015, p. 53.

131쪽 순결을 지키는 것뿐: 데버러 헤이든, 『매독』, 길산, 2004, 399쪽.

병이 준 것

134쪽 지금까지 들은 말 가운데: 시그리드 누네즈, 『어떻게 지내요』, 정소영 옮김, 엘리, 2021, 132쪽.

134쪽 다른 사람들에게 질병에 감사한다는 말을: Sonya Huber, "Welcome to the Kingdom of the Sick", *Pain Woman Takes Your Keys, and Other Essays from a Nervous System*, University of Nebraska Press, 2017, p. 19.

139쪽 병은 내 삶에 엄청난 강렬함을 부여했고: *The New York Times*, "Susan

Sontag found crisis of cancer added a fierce intensity to life", January 30, 1978.

140쪽 기분이 별로일 때는 무슨 일이 있어도: 앤 보이어, 『언다잉』, 양미래 옮김, 플레이타임, 2021, 99쪽.

141쪽 그건 어렵다기보다는 불가능하다: Jorge Luis Borges, "Original Mythology", *Jorge Luis Borges: The Last Interview*, Melville House, 2013, p. 69. M. 리오나 고댕, 『거기 눈을 심어라』, 오숙은 옮김, 반비, 2022, 29쪽에서 재인용.

141쪽 책과 밤을 동시에 주신: 호르헤 루이스 보르헤스, 「실명」, 『칠일 밤』, 송병선 옮김, 현대문학, 2004, 234쪽.

141쪽 그토록 사랑했던, 눈으로 볼 수 있는: 호르헤 루이스 보르헤스, 같은 글, 238쪽.

141쪽 앞을 보지 못하게 된다는 것은: 호르헤 루이스 보르헤스, 같은 글, 243쪽.

142쪽 하지만 내가 이 우울을 피하길 원하나: 버지니아 울프의 1926년 9월 28일 일기. Virginia Woolf, *The Diary of Virginia Woolf, Vols.1-5*, Anne Olivier Bell(ed.), Harcourt Brace Jovanovich, 1977~1984.

142쪽 조금 두려운 일이지만 대단히: 1926년 9월 28일 일기.

142쪽 공포도 있지만 매혹도: 1921년 8월 8일 일기.

142쪽 진실한 비전에 가장: 1919년 9월 13일 일기.

142쪽 존재에 더 정확히 조율: 1926년 7월 31일 일기.

142쪽 예술적으로 (…) 비옥: 1929년 9월 10일 일기.

142쪽 광기의 용암 안에서: 1930년 6월 22일 버지니아 울프가 에설 스마이스에게 쓴 편지. Virginia Woolf, *The Letters of Virginia Woolf, Vols. 1-6*, Nigel Nicolson and Joanne Trautmann(eds.), Harcourt Brace Jovanovich, 1975-1980.

143쪽 나는 종종 자문한다, 더 많이 울었기 때문에: 케이 레드필드 제이미슨, 『조울병, 나는 이렇게 극복했다』, 박민철 옮김, 하나의학사, 2005, 279~280쪽.

147쪽 물에 빠져 죽지 않기 위해: 메리 올리버, 「살아 있기」, 『긴 호흡』, 민승남 옮김, 마음산책, 2019, 47쪽.

148쪽 종잇값이 싸서 작가가 된 여성들: 버지니아 울프, 「여성의 전문직」,

『자기만의 방』, 이소연 옮김, 펭귄클래식코리아, 2011, 전자책.

149쪽 고통의 교육은 모든 것에 관한: 앤 보이어, 같은 책, 259쪽.

무에서 나오는 건

154쪽 나는 마침내 본다: Randall Jarrell, "90 North", *The Complete Poems*, Farrar, Straus and Giroux, 1990, p. 114.

버지니아 울프, 작가-여성-병자의 초상

157쪽 피부 한 층이 없는 채로: Robert Lowell, "Home", *Day by Day*, Farrar, Straus and Giroux, 1977, p. 114.

157쪽 나는 나 자신과 내 계절들을 안다: Theodore Roethke, "Elegy", *Collected Poems*, Doubleday, 1966, p. 144.

157쪽 분열정동장애가 있는 어느 작가는: Esmé Weijun Wang, "Beyond the Hedge", *The Collected Schizophrenias*, Graywolf Press, Kindle Electronic Edition, 2019.

157쪽 피부가 없으며, 모든 것을 느끼는: "The unquiet mind of Hilary Mantel", *The New Statesman*, 5 October 2012.

157쪽 의사 갈레노스의 우울증 환자: 에드워드 불모어, 『염증에 걸린 마음』, 정지인 옮김, 심심, 2020, 115쪽.

158쪽 삶은 힘든 일이다: 1897년 10월 16일 버지니아 울프의 일기(이하 일기). Virginia Woolf, *A Passionate Apprentice: The Early Journals, 1897~1909*, Mitchell Alexander Leaska(ed.), Harcourt Brace Jovanovich, 1990.

158쪽 코뿔소를 깃털로 간지럽히는 일: 1937년 2월 15일 일기. Virginia Woolf, *The Diary of Virginia Woolf, Vols.1-5*, Anne Olivier Bell(ed.), Harcourt Brace Jovanovich, 1977~1984.

158쪽 기묘하고 까다로운 신경계: 1925년 9월 5일 일기.

158쪽 제 신경계는 아버지와 할아버지가 쓰던 걸: 1930년 2월 27일 버지니아 울프가 에설 스마이스에게 쓴 편지. Virginia Woolf, *The Letters of Virginia Woolf, Vols. 1-6*, Nigel Nicolson and Joanne Trautmann(eds.), Harcourt Brace Jovanovich, 1975~1980.

158쪽 버지니아의 아버지이자 저명 문인이었던: Leslie Stephen, *Mausoleum Book*, Clarendon Press, 1977, p. 94.

158쪽 엄청나게 예민하고 불안한 사람: Lyndall Gordon, *Virginia Woolf: A Writer's Life*, W. W. Norton & Company, 1993, p. 56.

158쪽 나는 나의 아버지처럼 '피부가 없다': Leslie Stephen, *Mausoleum Book*, Clarendon Press, 1977, p. 89.

160쪽 귀마개는 내 인생도 바꿨어: 1925년 9월 3일 버지니아 울프가 T. S. 엘리엇에게 쓴 편지.

160쪽 경솔하게 내뱉은 두 단어만으로: 1933년 7월 10일 일기.

160쪽 핀에 찔린 듯한 미미한 자국이: 1926년 7월 22일 일기.

160쪽 비호의적인 서평 하나에 괴로워하며: "방금 페나세틴을 마셨다. 레너드가 『월요일 아니면 화요일』에 대한 다소 비호의적인 평이 『다이얼』 지에 실렸다는 말을 했기 때문이다."(1922년 2월 17일 일기)

163쪽 가장 트라우마를 안겨주는 치과 처치: David Eberly, "Gassed: Virginia Woolf and Dentistry", *Virginia Woolf Miscellany*, Issue 89/90, spring/fall 2016.

163쪽 너무 짜증나요: 1922년 6월 1일 버지니아 울프가 재닛 케이스에게 쓴 편지.

164쪽 치과 의자에 누워 이를 뽑을 때: Virginia Woolf, *On Being Ill*, Paris Press, 2012, p. 3.

165쪽 아픈 이들의 영토에 있는 수많은 사람만이: Sonya Huber, "Welcome to the Kingdom of the Sick", *Pain Woman Takes Your Keys, and Other Essays from a Nervous System*, University of Nebraska Press, 2017, p. 18.

165쪽 아플 때, 아픈 이들의 왕국이: Sonya Huber, 같은 글, 같은 곳.

167쪽 나를 창백하고, 퇴폐적이고, 무기력하고: 1932년 2월 29일 휴 월폴에게 쓴 편지.

168쪽 그는 총명하고 남성에게 지지 않는: 박인환, 『버지니아 울프, 인물과 작품』, 토지, 전자책, 2019. 원래 1954년 11월 『여성계』에 실린 글이다.

169쪽　태어나 살면서 우리가 생각하는 불행이란: 이택광, 「버지니아 울프를 여행하는 히치하이커를 위한 안내서 1부」, 2019년 유튜브 강의.

169쪽　버지니아 울프는 결코 행복하지 않은: 유진, 「옮긴이의 말」, 버지니아 울프, 『버지니아 울프 단편소설 전집』, 유진 옮김, 하늘연못, 2016.

169쪽　울프의 삶을 그렸다는 2022년작 그래픽노블: 리우바 가브리엘레, 『버지니아 울프』, 천지은 옮김, 미메시스, 2022.

170쪽　내 침범할 수 없는 중심: 1938년 10월 30일 일기.

171쪽　그림같이 목가적인 풍경: Hermione Lee, "Virginia Woolf's Nose", *Virginia Woolf's Nose: Essays on Biography*, Princeton University Press, 2018, p. 55.

172쪽　유속이 너무도 빨라서: Hermione Lee, 같은 글, 같은 곳.

172쪽　그 코가 정말 싫었다: Patricia Cohen, "The Nose Was the Final Straw", *The New York Times*, 15 Feb 2003.

172쪽　정말 흉한 코: Patricia Cohen, 같은 글.

172쪽　길게 늘인 가짜 코: Lyndall Gordon, "Too Much Suicide", *Canvas*, Spring 2011, https://www.charleston.org.uk/too-much-suicide

172쪽　니콜 키드먼은 자기 얼굴: Patricia Cohen, 같은 글.

172쪽　이 웃긴 코를 단 여자가: Hermione Lee, 같은 글, p. 61.

172쪽　오 세상에, 울프를 꼭 두 번이나: Patricia Cohen, 같은 글.

172쪽　이제 오천만 명의 미국 관객이: Hermione Lee, 같은 글, p. 61.

172쪽　이 영화는 정치적 지성 또는: Hermione Lee, 같은 글, p. 55.

173쪽　버지니아 울프를 이런 신경증적이고: Patricia Cohen, 같은 글.

173쪽　아프지 않은 해엔 한 해에 삼백삼십 일씩: Leonard Woolf, *Downhill All the Way: An Autobiography of the Years, 1919~1939*, The Hogarth Press, 1975, p. 156.

174쪽　내 생각에 아마 열 명 중 아홉은: 1919년 9월 13일 일기.

174쪽　정말 바쁘고 정말 행복하다: 1922년 11월 13일 일기.

174쪽　버지니아가 여기 왔고: Virginia Nicholson, "Decrying Woolf", *The Times*, 29 Jan 2003.

175쪽　자신의 성기가 작다는 생각에: Edmund Wilson, "Notes from

the Thirties", *The New York Review of Books*, August 14, 1980. https://www.nybooks.com/articles/1980/08/14/notes-from-the-thirties.

175쪽 자살한 미친 여성 문인 클럽: Jane Marcus, "Pathographies: The Virginia Woolf Soap Operas", *Signs*, Vol. 17, no. 4, Summer, 1992, p. 807.

176쪽 우리가 여성 희생자들을 얼마나: Doris Lessing, "Foreword", *Virginia Woolf, Carlyle's House and Other Sketches*, David Bradshaw(ed.), Hesperus Press Limited, 2003, p. ix.

178쪽 나를 계속 용감하게 만드는 그 공포를: Audre Lorde, "Solstice", *The Black Unicorn: Poems*, W. W. Norton & Company, 1978, p. 117.

178쪽 온갖 난폭한 일들을 하라고 시킨: 1904년 9월 22일(날짜 부정확) 버지니아 울프가 바이올렛 디킨슨에게 쓴 편지.

179쪽 절망적인 우울에 잠겨 있던 1913년과는 달리: Leonard Woolf, *Beginning Again: An Autobiography of the Years 1911~1918*, The Hogarth Press, 1972, pp. 76~79, 173~174.

179쪽 4월, 요양소 책임자는: Quentin Bell, *Virginia Woolf: A Biography, Vol. 2*, Harcourt Brace Jovanovich, 1972, p. 26.

180쪽 6월, 언니 버네사는: Quentin Bell, 같은 책, 같은 곳.

180쪽 바다 아래로 들어가: Virginia Woolf, *Mrs. Dalloway*, Harcourt, Brace & World, 1964, p. 104.

180쪽 익사한 선원처럼 세계의 해안가에: Virginia Woolf, 같은 책, p. 103.

180쪽 삶에서 죽음으로 건너가: Lyndall Gordon, *Virginia Woolf: A Writer's Life*, W. W. Norton & Company, 2001, p. 53.

180쪽 죽음을 통과: Lyndall Gordon, 같은 책, 같은 곳.

180쪽 마흔 무렵에야 자기 목소리로: 1922년 7월 26일 일기.

181쪽 병 때문에 총 오 년을 낭비했다고: "침대에 누워 아무것도 못 하다가, 일어나서 반 페이지를 쓰고는 다시 침대에 누워야 하는 이 모든 지긋지긋한 일에 대해 불평하고 싶다. 이러느라 (내 계산으론) 오 년을 낭비했어. 그러니 넌 내가 마흔 살이 아니라 서른다섯 살이라고 해야 해. (…) 내 광기와 그 모든 휴식에서 얻은 게 없다는 말은 아냐. 사실 난 그것들이 종교를 대신했다고 생각해. 하지만 이건 어려운 이야기지." 1922년 1월 21일 버지니아 울프가 E. M. 포스터에게 쓴 편지.

181쪽 울프에 관한 대중의 기억에서: Jane Dunn, *A Very Close Conspiracy: Vanessa Bell and Virginia Woolf*, Little Brown, 1990, p. 241.

182쪽 깊은 물, 우물: 1926년 9월 28일 일기.

182쪽 거대한 우울의 호수: 1929년 6월 23일 일기.

182쪽 어두운 지하세계: 1921년 8월 8일 일기.

182쪽 고문: Leonard Woolf, *Downhill All the Way: An Autobiography of the Years, 1919–1939*, The Hogarth Press, 1975, p. 57.

182쪽 책 한 장 한 장이 불타오르게 하는: 1907년 7월 7일 버지니아 울프가 바이올렛 디킨슨에게 쓴 편지.

183쪽 이 진주들을 건지기 위해: 1915년 1월 16일 일기.

183쪽 내가 아는 가장 큰 기쁨, 황홀경: 버지니아 울프, 「과거의 스케치」, 『존재의 순간들』, 정명진 옮김, 부글북스, 2013, 86쪽.

183쪽 인생의 비참함을 줄여주지만: 1926년 2월 3일 버지니아 울프가 비타 색빌-웨스트에게 쓴 편지.

184쪽 레너드가 차가운 오리 한 마리를: 1925년 9월 8일 버지니아 울프가 리턴 스트레이치에게 쓴 편지.

184쪽 한 가지만 부탁드릴 것은: 1925년 12월 16일 레너드 울프가 비타 색빌-웨스트에게 쓴 편지. Leonard Woolf, *Letters of Leonard Woolf*, Frederic Spotts(ed.), Harcourt Brace Jovanovich, 1989, p. 228.

185쪽 나에겐 회복력이 있다: 1926년 2월 27일 일기.

187쪽 내가 올라타서 요동치는: 1926년 2월 2일 버지니아 울프가 비타 색빌-웨스트에게 쓴 편지.

187쪽 기분의 부침에서 오는 고통은: 1924년 9월 7일 일기.

187쪽 뒤바뀌는 몸과 마음의 상태를: "이런 일이 절대 다시는 일어나지 않게 하겠다고 맹세한다."(1921년 8월 8일 일기) "다들 이런 상태를 경험하는 걸까? 나는 왜 이렇게 통제할 수가 없지? (…) 그런 상태는 삶을 낭비하게 하고 큰 고통을 준다."(1926년 9월 15일 일기)

187쪽 이제는 그 작동방식을 알 것 같다고: "나이 마흔에 나는 내 뇌의 메커니즘에 대해 알기 시작한다."(1922년 10월 4일 일기) "마흔셋에도 그것〔나의 신경계〕이 어떻게 작동하는지 모르겠다."(1925년 9월 5일 일기)

188쪽 아침에 눈을 떴는데: 1927년 5월 16일 일기.

189쪽 내가 얼마나 행복한지: 1931년 9월 19일 일기.

193쪽 각자 연간 오백 파운드와: Virginia Woolf, *A Room of One's Own*, Grafton, 1977, p. 122.

193쪽 삶은 고되고 어려우며 끊임없는 투쟁: Virginia Woolf, 같은 책, p. 40.

193쪽 당신은 얼마나 용감한지: 1937년 3월 1일 버지니아 울프가 에설 스마이스에게 쓴 편지.

194쪽 나는 얼마나 벌벌 떠는 겁쟁이인지: 1935년 4월 12일 일기.

195쪽 책 쓰는 일이 이렇게 즐거웠던 적은: 1935년 12월 29일 일기.

195쪽 한 단어도 쓸 수가 없다: 1935년 12월 30일 일기.

195쪽 시시한 헛소리: 1936년 1월 16일 일기.

195쪽 완전한 실패: 1936년 3월 16일 일기.

195쪽 위아래로 오락가락: 1936년 2월 25일 일기.

195쪽 좋은 날 다음은 나쁜 날: 1936년 6월 23일 일기.

195쪽 늘 그랬잖아: 1936년 1월 16일 일기.

196쪽 우리의 사적인 삶에 다시 총들이: 1936년 3월 13일 일기.

196쪽 그 가장 진저리나는 공습 장면: 1936년 2월 25일 일기.

196쪽 공습 장면을 거의 다 베꼈다: 1936년 3월 4일 일기.

197쪽 옥스퍼드 스트리트에 있는: 1936년 3월 29일 일기.

197쪽 이 책만큼 힘들여 쓴 책이 없다: 1936년 3월 13일 일기.

197쪽 첫 부분부터 다시 시작해서: 1936년 4월 9일 일기. 4월과 10월에는 일기가 하나씩밖에 없다.

197쪽 원고를 수정해야 한다: 1936년 6월 11일 일기.

197쪽 나만큼 글 쓰는 데 고통받는 사람도: 1936년 6월 23일 일기.

197쪽 이제 육백 쪽을 고칠 때까지: 1936년 6월 11일 일기.

197쪽 침착하고 강인하고 담대하게: 1936년 6월 21일 일기.

198쪽 오 예술! 끈기: 1936년 6월 23일 일기.

198쪽 나는 『세월』에 집중해야: 1936년 11월 9일 일기.

198쪽 나는 교정쇄를 죽은 고양이인 양: 1936년 11월 3일 일기.

199쪽 기적: 1936년 11월 5일 일기.

199쪽 부엌 용품 쇼핑할 계획: Joan Russell Noble(ed.), *Recollections of Virginia Woolf*, William Morrow, 1972, pp. 159-160.

199쪽 사실 나는 지독하게 우울한 나라는 여인에게: 1936년 11월 30일 일기.

199쪽 1913년 이후로 이렇게: 1936년 6월 11일 일기.

199쪽 무서운 시기: Leonard Woolf, *Downhill All the Way*, p. 153.

200쪽 노출된 순간들은 무섭다: 1937년 3월 1일 일기.

202쪽 다시 돌아오기에는 이번엔 너무 멀리: Leonard Woolf, *The Journey Not the Arrival Matters: An Autobiography of the Years 1939~1969*, Harcourt Brace Jovanovich, 1973, pp. 93~94.

203쪽 한 해가 오고 또 오고: 1898년 1월 1일 일기.

203쪽 맹세컨대, 이 절망의 저점이: 1941년 1월 26일 일기.

젊은 투병인에게 전하는 책과 문장들

206쪽 나를 살아 있게 하는 이 말들을 증오해: Sarah Kane, "Crave", *Complete Plays*, Bloomsbury Methuen Drama, p. 184.

208쪽 질병이나 삶에서 마주치는 다른 재앙: 아서 프랭크, 『아픈 몸을 살다』, 메이 옮김, 봄날의책, 2017, 246쪽.

209쪽 천 번쯤 들은 것 같다: Kate Bowler, "Preface", *Everything Happens for a Reason: And Other Lies I've Loved*, Random House, Kindle Electronic Edition, 2018.

210쪽 입에 담을 수 없는: Hilary Mantel, *Ink in the Blood: A Hospital Diary*, HarperCollins Publishers, Kindle Electronic Edition, 2010.

210쪽 불온한 건 바로 나: John Updike, *Self-Consciousness: Memoirs*, Knopf, 1989, p.76.

210쪽 발바닥에서부터 정수리에까지: 「욥기」 2:7, 대한성서공회, 『성경전서 새번역』, http://www.holybible.or.kr/B_SAENEW/

210쪽 그런 말은 전부터 많이 들었다: 「욥기」 16:2~5.

211쪽　이후 시시때때로: Samuel Taylor Coleridge, *The Rime of the Ancient Mariner*, Dover Publications, 1970, p. 68.

213쪽　아서 프랭크는 개인적인 암 투병기를 쓴 다음에: 아서 프랭크, 『몸의 증언: 상처 입은 스토리텔러를 통해 생각하는 질병의 윤리학』, 최은경 옮김, 갈무리, 2013.

213쪽　난소암을 앓은 여성주의 문학비평가 수전 구바: Susan Gubar, *Reading and Writing Cancer: How Words Heal*, W. W. Norton & Company, 2016.

214쪽　어머니의 태가 열리지 않아: 「욥기」 3:10~11.

214쪽　왜 이런 일이? : Kate Bowler, 같은 책, 같은 곳.

214쪽　내 신경만이 이 통증을 느낀다는 현실은: Eula Biss, "The Pain Scale", *Seneca Review*, Vol. 35, no. 1, Spring 2005, p. 12.

215쪽　건강은 우리 삶에 의미와 목적을: 엘리자베스 토바 베일리, 『달팽이 안단테』, 김병순 옮김, 돌베개, 2011, 20쪽.

215쪽　통증은 감자 튀김과 넷플릭스를: Sonya Huber, "What Pain Wants", *Pain Woman Takes Your Keys, and Other Essays from a Nervous System*, University of Nebraska Press, 2017, p. 6.

216쪽　우리는 어떤 이야기와 함께 살아가고: 아서 프랭크, 『아픈 몸을 살다』, 130쪽.

중력

219쪽　어제 오랜 병을 앓은 내 친구 낸시는: 뮤리엘 루카이저, 『어둠의 속도』, 박선아 옮김, 봄날의책, 2020, 125쪽.

225쪽　죽음은 어찌되었든 올 테니까: Isabel Allende, *The House of the Spirits*, Atria Books, Kindle Electronic Edition, 2015, p. 460.

우리는 나무들처럼 잎을 떨어뜨렸다

228쪽　우리는 온전한 채로 남지 못했다: Robert Bly, "A Home in Dark

Grass", *Collected Poems*, W. W. Norton & Company, Kindle Electronic Edition, 2018.

에필로그: 쪽지들의 바다

230쪽 우리가 모두 낫는 날이: 기형도, 『기형도 전집』, 문학과지성사, 2005, 95쪽.

233쪽 나 말고도 전 세계 여기저기: 엘리자베스 토바 베일리, 『달팽이 안단테』, 김병순 옮김, 돌베개, 2011, 102쪽.

추천의 글

처음에 나는 이 책을 읽으면서 내가 아는 아픈 사람들을 떠올렸고 그들에게 몹시 미안해졌다. 나의 무지와 무관심을 뉘우치면서 사과의 표시로 이 책을 보내주리라 마음먹었다. 하지만 계속 읽어갈수록 이 책은 점점 누군가가 내게 보낸 선물처럼 느껴졌다. 나는 (그렇게 아파본 적이 없는데도) 한 문장 한 문장에 공감하면서 어느새 깊은 위로를 받고 있었다. 사실 아픈 사람이 깨닫는 진실은 우리가 이미 알고 있는 진실이다. 우리가 각자의 몸 안에 고립되어 있다는 것, 내가 느끼는 고통을 너는 느끼지 못한다는 것, 너는 내가 아니라는 것.

아름답고 음악적인 책이다. 한 단어 한 단어가 음표처럼 정확하다. 어떤 장은 명랑하고 어떤 장은 쓸쓸하지만, 모두가 하나의 주제를 변주하며 물 흐르듯 나아간다. 중간에 덮기 어려우니 다음 날 중요한 일이 있다면 펼치지 않길 권한다.

_김현경(인류학자, 『사람, 장소, 환대』 저자)

몇 년 전, 아서 프랭크의 『아픈 몸을 살다』를 읽었을 때 내 시선은 옮긴이 소개에 오래 머물렀다. 거기 이런 말이 있었다. "통증 때문에 삶의 위기를 겪으면서 고통과 다른 관계를 맺게 되었다." 의아했던 것 같다. 고통과 어떻게 다른 관계를 맺을 수 있지? 물리치거나 삼켜지거나 둘 중 하나 아닌가? 이후 메이님이 옮기고 쓴 글을 찾아 읽으면서, 그가 심각한 만성 통증을 겪고 있다는 걸 알았다. 물리칠 수 없지만 삼켜질 수도 없는 아픔. 나는 언젠가 메이님이 직접 쓴 아픈 몸의 이야기를 읽을 수 있기를 기다렸고, 마침내 그 글을 받아서 읽으며 그에게 일어나 앉아서 아픔에 관한 글을 쓸 수 있도록 나아진 컨디션을 허락한 그의 몸에게, 통증에게 감사한다. 만성 통증을 겪는 사람의 말은 이중으로 억압된다. 눈에 보이지 않는 통증을 남에게 언어로 전달한다는 것이 애초 불가능하거니와, 우리 건강한 사람들은 아픈 사람이 이십사 시간 아픈 이야기를 이십사 시간 듣고 싶어하지 않기에 아픈 사람이 입을 다문다. 그렇지만 고통은 실재하고, 아픈 사람도 실재한다. 그것을 알려면 누군가는 말해야 하고, 누군가는 들어야 한다. 하지만 뜻밖에 이 책에서는 웃게 될 순간이 많을 것이다. 동료 병자 버지니아 울프의 초상, 병자의 인간관계에 관한 글 등은 쉴새없이 웃기고 울린다. 누구나 아픈 몸이 삶을 구석구석 호령하는 상황을 짧게라도, 혹은 늙으면서 겪는다. 병자의 왕국으로 먼저 건너간 사람 중에 이토록 유창한 안내자가 있다니, 우리는 운이 정말 좋다. 이 책을 읽는 동안에 나는 언어의 불가능을 잊는다.

_김명남(번역가)

감사의 말

홀로 걷는다고 느꼈을 때도 홀로 걷지 않았다는 걸 안다.

'아무거나 써달라'는 말로 책 작업을 시작할 용기를 준 복복서가의 박영신 편집장, 기꺼이 첫 독자가 되어 아름다운 추천의 글을 써준 김명남 선생님과 김현경 선생님, 늘 가슴속 빛이 되어주는 생애문화연구소 옥희살롱의 김영옥 선생님, 내 버지니아 울프 수다를 견뎌주고 나를 견뎌준 친구들, 그리고 오랫동안 나와 함께 마음 한쪽을 앓았을 가족에게, 특히 어머니 김성혜와 언니 이영은에게 감사드린다.

아프다는 것에 관하여—앓기, 읽기, 쓰기, 살기

초판 인쇄 2024년 10월 31일
초판 발행 2024년 11월 15일

지은이 메이

펴낸곳 복복서가(주)
출판등록 2019년 11월 12일 제2019-000101호
주소 03720 서울특별시 서대문구 연희로 28길 3
홈페이지 www.bokbokseoga.co.kr
전자우편 edit@bokbokseoga.com
마케팅 문의 031) 955-2689

ISBN 979-11-91114-68-3 03810